娄东爱、王清华近照

2010年，姜东爱、王清华

2015年，姜东爱、王清华与家人合影

2015年，姜东爱、王清华在迪拜旅游留影

2018年，家人参加"父母能量"活动合影 　　2019年，娄氏四姐妹合影

2019年，娄东爱、王清华在埃及与朋友合影

2019年，娄东爱、王清华参加埃及"生命能量"活动与家人合影

2019年，娄氏家族活动合影

2020年11月29日，姜岳爱、王清华参加与慧宇教育一起捐建的"慧宇爱华希望小学"落成典礼活动留念

王琨（姜东爱、王清华之子）给奶奶盖的房

2020年，王琨在"家族能量"活动中与姥爷合影

2020年，姜东爱、王清华参加贵州"生命能量"活动留影

2020年，姜东爱、王清华参加贵州"生命能量"活动与朋友合影

生命的喜悦

娄东爱　王清华　著

当代世界出版社
THE CONTEMPORARY WORLD PRESS

图书在版编目（CIP）数据

生命的喜悦 / 娄东爱，王清华著. -- 北京：当代世界出版社，2021.11

ISBN 978-7-5090-1600-8

Ⅰ.①生… Ⅱ.①娄…②王… Ⅲ.①随笔 - 作品集 - 中国 - 当代 Ⅳ.① I267.1

中国版本图书馆 CIP 数据核字（2021）第 001851 号

书　　名：	生命的喜悦
出版发行：	当代世界出版社
地　　址：	北京市东城区地安门东大街 70-9 号
网　　址：	http://www.worldpress.org.cn
责任编辑：	李俊萍
编务电话：	（010）83907528
发行电话：	（010）83908410（传真）
	13601274970
	18611107149
	13521909533
经　　销：	新华书店
印　　刷：	天津丰富彩艺印刷有限公司
开　　本：	710 毫米 ×1000 毫米 1/16
印　　张：	13
字　　数：	160 千字
版　　次：	2021 年 11 月第 1 版
印　　次：	2021 年 11 月第 1 次
书　　号：	ISBN 978-7-5090-1600-8
定　　价：	68.00 元

如发现印装质量问题，请与承印厂联系调换。
版权所有，翻印必究；未经许可，不得转载

序

人生中有一些事情很奇怪，你说不清。一个果子在成熟之前，有很多因素促使它成熟。我的书就是这样写出来的，一个因缘推动另一个因缘。

这本书是我们夫妻俩共同完成的，书名叫《生命的喜悦》，上篇是我丈夫所写，下篇是我所作。书中说的是我们的亲身经历，有苦难、坎坷和困惑，也有温暖、幸福和快乐，它们汇聚成了我们的大半生。后半生，我们的生命是觉醒的，是喜悦的。

生命的觉醒比什么都重要，智慧增长了，境界提升了，再看世界和人生就完全不同了。

在觉醒之前，生命对我们来说就是苦难，觉醒以后的生命才是享受。所以说，生命的觉醒是无价的，生命也是无价的，要好好珍惜！

我们要把生命花在有意义、有价值的事情上，并在此基础上觉醒，成就生命真正的无价。

娄东爱

2020.12.30

目录 contents

上篇

随缘随分地生活 - 王清华

第一章 岁月留声

忆童年 /004
我的求学与就业之路 /008
有情人终成眷属 /011
穷人的孩子早当家 /013
成败之间的感悟 /015

第二章 创业之路

重新踏上创业路 /018
抓住机会，改变人生轨迹 /021
孩子们在困苦中不断成长 /024
第一次被处罚 /026
离开临清去北京 /028

第三章 亲友忆旧

孝敬老人不能等 /031
交一好友，一生受益 /033
男大当婚，女大当嫁 /036
单纯就是智慧 /039
爱会让你自由 /041
向岳父学习 /043
王康老师 /045
宋涛老师 /047
张锦贵教授 /049

第四章 心之所安，即桃源

生活需要宽容 /051
努力提高自身修为 /053
学习的重要性 /055
做一个有大使命的人 /057
心之所安，即桃源 /059

下篇

一切都是最好的安排 - 娄东爱

第一章　忆昔抚今

我的原生家庭 /064
邻里和睦 /067
手足之情暖心间 /069
母亲的言传身教 /071
榜样的带动作用 /074
快乐的童年 /076

第二章　忆童年学习时光

教育是根，根不能丢 /080
为了念书，去糊纸盒 /082
我喜欢努力后的结果 /084
老师的激将法 /088
学习裁剪，大胆授课 /091

第三章　相惜如初

遇到我生命中的他 /095
我的选择我负责 /100
拉土垫院子 /102
结婚后一下子长大了 /104

第四章　爱的延续

儿子命真大，命真硬 /108
儿子小时很可爱 /110
吃亏是福 /113
天赐女儿，母爱无疆 /116
三岁看大，七岁看老 /118
婆婆是来成就我的 /120

第五章　那些酸甜苦辣的往事

感恩大爷大娘 /125
用一双手撑起这个家 /127
只有想不到，没有做不到 /131
让孩子从小独立自强 /133
让孩子从小有爱人之心 /135
小爱爱自己，大爱爱天下 /137
柔顺与坚韧 /139
好学与慈悲 /141
父母的观念是孩子的起跑线 /143
梦想的种子在发芽 /145

第六章　人生路途上的感悟

珍惜、善待身边的每一个人 /148
孝道与感恩 /151
不争不贪，福禄无边 /153
信用卡风波 /155
来到北京陪儿子一起创业 /158
母爱的力量 /161
成为慧宇最早的合作伙伴 /163
"一代天骄"的义工 /165
三个"不能等" /167
爱谁就把谁带上道 /169
女儿的成长 /171
帮助师兄解心结 /173
实现父亲的愿望 /176
迪拜之旅 /178
学习让生命更圆满 /181
家族兴旺，我的责任！ /183

第七章　生命能量
感悟分享——精神圆融

灯与智 /186
学以致用 /187
践行 /189
开悟与修行 /190
孤独 /192
爱华希望小学落成典礼 /194

后记

老了也要老得漂亮 /197
学习，成为更好的自己 /198

上篇 随缘随分地生活

王清华

有苦有乐的人生是充实的，有成有败的人生是合理的，有得有失的人生是公平的，有生有死的人生是自然的。

第一章

岁月留声

锦上添花,得到的是短暂的欢喜;
雪中送炭,得到的是永久的感激。

忆童年

我小时候记事比较晚,大概六七岁时才有点儿记忆。那时我上小学,农村的学校条件差,上课的桌子是土坯做的,一尺来高,连坐的小凳子都没有,我就竖块砖头坐着或直接坐在地上。相比之下,现在的孩子真的是太有福了。那时也没有玩具,我记得就是用纸叠四角玩或者是捉迷藏。

听大人说,我一岁多的时候,生了一场病,一直发烧,打了很多针、吃了很多药都无效,最后落下了残疾,走路一瘸一拐的。

当时,伯父和爷爷一起做生意——买进别人家自织的白布,染上色或印上花后再卖出去。伯父每隔几天就要去集市送布,并把白布接回来。伯父很疼我,每次从集市回来,都买烧饼给我吃。我家当时靠南边,老家(就是爷爷住的地方)在北边,每次得知伯父去赶集,我都要去老家等伯父。那个年代,能吃到烧饼,就是天大的福气了。伯父舍不得在外面吃饭,早晚都要赶回家吃,难免饿肚子。那时家里的人口多,伯父是老大,我爸是老二,他们总共弟兄七个,还有两个姐妹。

我在孩提时过得还算愉快，并没有因自身的残疾而感到自卑，到上小学时，有些事就印象深刻了。当时的学校在村庄西北角，我们家住村庄东南边，相距较远，要走很长一段路。

去学校的必经之路上有两个很大的坑，长年有水，而且很深。记得有一年夏天，中午饭后我去上学，走到坑边，见有小朋友在水里玩耍，出于好奇就想下去试试。我胆子很小，而且连路都走不稳，但看到别的小朋友玩得很开心，还是决定下去试一下，心里想着：水这么深，千万别往中间去，在坑边上玩一下就上来。

哪知，我虽然心里想着在边上玩，但人却不由自主地往中间滑去。因为不会游泳，我的身子不断往下沉，开始喝水，双手也在空中乱舞。这时，村里的周福全大叔正好从这里路过，他马上下去把我给拖了上来，我算是捡回一条命。感恩周福全大叔救了我。我小时候不知感恩，直到长大了才知道买些东西去看望周福全大叔，以表感谢。救命之恩，非同一般。

从那时起，直到现在，我一见到水就晕，洗澡都不敢泡澡，坚持淋浴。去海边游玩，我都是离得远远的，不愿近距离接触大海。

虽然我行动不便，但脑袋还不算太笨，老师讲的东西，理解起来不算太吃力，作业也写得比较快。小时候，我喜欢玩，喜欢打闹，有的孩子见我这样子，就故意逗我。但我也有绝招，我的手比较有力，只要他让我抓住，那他就倒霉了，我非把他揍得改了不成。那时，我也有自己的小心思，我的同桌是个大个子，他身体壮实，没人敢惹，但他学习不怎么样，于是就巴结我，想抄我的作业。当然我也有条件，那就是谁再欺负我，他就得揍谁，他满口答应。就这样，我胆子大了起来，因为有了靠山。

那时爷爷家里人口多，也没分家，我父亲的兄弟姐妹都是谁到了年龄有合适的对象就结婚。但我的三位小叔叔，因为都没有房子，又都快到结婚年龄了,所以就决定到外地的一个砖厂去打工,目的就是多挣点儿钱,好盖房成家。那时就我爷爷自己在老家住。我的爷爷在老家是个有威望的人,全村人都夸赞他的为人,人送外号"王善人"。爷爷做过生意——开染房,他染出来的布质量好、价格便宜,受到大家的好评。他还当过乡长,为保护村民的生命,胸口曾被刺刀伤过,差一点儿丧命。

爷爷和蔼可亲,从不说人过错。他生活很有规律,喜欢喝茶,饭后一定会出去走走,活到93岁。因为三位叔叔不在家,所以父亲让我去和爷爷做伴,陪老人家睡觉。那一段时间,爷爷教会了我很多东西,比如为人处世要公正、不占小便宜、要和气、不生气、要争气,他还给我讲了很多有趣的小故事。因为做生意的关系,爷爷的毛笔字写得很好,他每天都要在白布上写条子,注明这是谁家的布。爷爷也教我写毛笔字,纠正我拿笔的姿势、告诉怎么磨墨,这对我的影响很大。

母亲是位耿直、善良的人,为人厚道,也很会干活。记得那时还在生产队,母亲割麦子总是割得最快。另外,母亲还辛勤且无怨地操持着家务。

父亲是一名退伍军人,那时候军人在人们的心目中是相当有地位的,很受人尊敬。父亲退伍回家后,在本村当上了干部。那个年月人们的生活都很苦,粮食根本不够吃,树叶、槐花都被当作好东西,虽难以下咽,可也没办法。每逢分配救济粮,父亲总是先给村里最困难、人口又多的家庭分配,从不考虑自己。这也得到了村里人的好评,这一点我记忆犹新。

父亲头脑灵活。那时是不允许个人做买卖的,父亲只好暗地里做,骑着自行车(我们全村第一辆自行车,是用旧车改造的,后车架加固过,能驮很重的东西)到很远的地方进货,然后再偷偷卖到别处，从中挣点钱。

父亲虽然脾气大，但很孝顺，对爷爷很好，总给爷爷买好吃的。父亲做事也有章法，家里的人，有谁不听话，或孩子调皮，他能很快把问题解决。由于他是村干部，谁家闹别扭了，有什么纠纷了，都找他调解，他在村里威望很高。

有意思的是，父亲虽然文化水平不高，可是每逢大队开会（那个时候三天一大会两天一小会），父亲在台上发言从来不用讲稿。他的口才很好，声音铿锵有力，富有激情和说服力，能叫人心服口服。现在回想起来，父亲的这些特质对我影响很大。

父亲和母亲不太合得来，父亲爱喝酒，母亲总是不让父亲喝，因为父亲喝了酒爱发脾气，所以两个人为此经常拌嘴。那是我们当儿女的最不愿看到的事情（我们兄妹三个，我排行老大，有一个妹妹、一个弟弟）。父母和睦相处，互相包容，互相理解，对孩子的身心健康影响很大，我也是为人父之后才了解。

我的伯父、伯母都是大善人，村里人都称伯母为"活菩萨"，有什么事儿她总是先想到别人，而不是本家的人。谁家孩子生病、老人不舒服，她都会去照顾，还把自家的鸡蛋也拿去，而且不求任何回报。她自己攒一点儿零花钱，总是给我们留着，就连在地里捡的一点儿玉米、地瓜，也都留给我们，生怕我们吃不饱。现在回想起这些往事我很内疚，感觉自己没好好孝敬伯父和伯母。

我的求学与就业之路

　　我是在我们村后的联中上的初中，当时教我的周鹤友老师对我影响很大。他有脾气、有个性，板书写得非常漂亮，对学生要求很严格。过去的老师对学生很严厉，那些淘气、不听话或是学习不认真的学生，有时会受体罚。现在的老师都不敢管学生了，估计也很无奈。今天一些孩子任性、不好管理的真正原因可能是他们不懂得尊师重道。过去的家教也非常严格，家里有客人来，孩子是不允许上桌子吃饭的，更不用说自己想吃啥就吃个够了。没得到大人允许，孩子是不能先吃饭的。必须等客人吃饱，小孩才能到一边的小桌上去吃剩下的，而且那时孩子们也觉得这是很正常的事。

　　我读高中是在临清四中，离家十二里，在学校住，一周回一次家。因家里经济条件有限，没有自行车，我只好走着去上学。那时都是土路，赶上下雨天，我只能连摔带爬地走，实属不易。每周回学校，我都要带足五天的干粮，所以母亲就得到处去借面，然后把借来的高粱面、地瓜面和在一起给我蒸窝头。窝头再加上点自家腌制的咸菜，就是我一周的口粮。那时倒也不觉得苦，因为大家条件差不多，每个人都这样。

教音乐的冯西锋老师对我特别照顾，因为受父亲的影响，我喜欢拉二胡，冯老师就把他办公室的钥匙给我，让我可以随时去学习识谱、练习拉二胡。

冯老师待人和蔼可亲，他结婚时，我和另外一个同学去参加他的婚宴，还随了两元钱的礼。后来冯老师被调到济南任教，我们还时常联系，关系密切。冯老师很会鼓励人，他给人的永远是积极向上的精神，对我的启发很大，感恩老师！

那时我偏科，对语文非常感兴趣，对一些幽默笑话、歇后语、哲理名句很喜欢。我写过一篇文章，在地区性刊物上发表了，受到老师的表扬，现在想起来心里还美滋滋的。

我高中毕业那年，正赶上国家恢复高考，但我由于偏科严重，数学成绩很差，没考上大学，加上身体状况不允许，也就没了复读的心，就这样回家了。我由于身体原因干不了体力活，就在村里任幼儿教师，算是代课，教孩子们 aoe 或 1+1 之类最简单的知识，也教孩子们唱歌、玩游戏。

后来，我开始教初中的地理课。大概两年后，由于人员调动，我被派到邻村赵坊学校教小学，当时的月工资是 29.50 元。赵坊村的村主任赵福奎是我高中时的同学，对我很是照顾。特别感恩，我在那里度过了一段愉快的时光。

代课一段时间后，由于转成正式老师无望，我便听从大舅舅的建议去学手艺，以便谋生。我先是去聊城学钟表和收音机维修，又去江苏新沂学习电视机维修，然后去了临清市。在整个外出学习期间，好友老四曾去看过我，送去温暖，并赠我钱物，感谢老四。得到朋友的鼓励和支持，我更有信心了。现在回忆起往事，我仍满怀感恩之情。正所谓锦上添花，得到的是短暂的欢喜；雪中送炭，得到的是永久的感激。

  在朋友周福高及其弟弟的帮助下，我第一次开了门市，开始做起了家电维修的生意。几经周折，又几次搬家，我先后与国棉厂、百货门市和二轻局家电部合作，真正体会到了人生就是要不断折腾的道理，如果觉得不合适，就要换一个方向。

有情人终成眷属

  天大的喜事就要降临了。我的门市就在我太太当时上班的餐馆旁边，她是服务生。由于我们是邻居，接触的机缘就来了。她觉得我这个人很重义气，因为我和朋友去餐馆吃饭，大多是我付钱。再者，晚上下班后，我有时会拉琴，她会过来唱歌，这样，我们见面的机会就多了。当初，我没敢多想，也觉得不可能，人家又年轻又漂亮，怎么可能……可是天意难违，就在一个傍晚，我们在一起说话时，突然停电了，这让我们得以近距离接触——有了第一次握手的良机。有了这次的机缘，我们的关系也越来越亲密，就这样确定了关系。

  刚开始我们双方父母都不同意我们的婚事，但好事多磨，经历了很多的艰辛与磨难，我们终于领了结婚证，并在老家举行了简单的结婚仪式。

  到后来我才得知当时我的太太是多么单纯，她只是看好我这个人，究竟我哪条腿有毛病，甚至老家有没有房子她都不知道。现在看来，单纯就是智慧。

  有了幸福美满的婚姻，当然就有了爱情的结晶，儿子王琨的出生给我们带来了莫大的喜悦。小家伙非常可爱，眼睛亮亮的，非常乖，从不大哭大闹。

记得当时我们是在临清市顺河街二轻局的一个家电门市部搞维修，店里的几个大姐都非常喜欢我们家孩子，每逢我太太抱着孩子去门市部玩，她们总要抱。

更有意思的是，有一个跑业务的南方人当着众人的面说："你们门市欠我们四万块钱，我把孩子抱走，咱们两清了。"可以想象，他喜欢孩子的程度，当初那个年代，四万块钱是个不小的数目。并且他还说："你们再生嘛，我老婆已经不能生了。"但我们怎么会卖孩子呢。

当时，我们租住在秋家胡同，房子只有几平方米，只能放一张床、一张桌子，有台小电视没地方放，只好挂在墙上。没办法，收入少，租不了大房子。

我们住的地方，离大众公园比较近。早晨，我们就带儿子去公园玩，王琨最喜欢的就是坐过山车——"小火车"。坐一次是五角钱，在当时不算便宜。小家伙坐上去就不愿下来，坐一次结束后就用手指服务员，那意思是再开一次，现在回想起来蛮有趣。

那几年，我们总是在搬家，感觉在哪儿住的时间都不长，不是房东要收回房子，就是亲戚朋友要用房，我们不得不搬家。

穷人的孩子早当家

王琨是在松林镇上的中学，他上初中二年级那年，因为要交学费，他母亲到处去借钱。而那时我做生意亏了本，欠亲戚朋友的钱太多，所以就不好借了。

看到母亲为难的样子，王琨说："妈，我去打工，挣点儿钱，一来给家里减轻点负担，再者还可以供妹妹上学。"得知这个情况，王琨的班主任老师派人捎信来说，家里确实有困难，学校可以减免学杂费，只交书本费就行。但是我们的钱还是不够，孩子当时才十三岁，就出去打工了。他先后给别人卖过鱼，在养殖场打过杂，养过狐狸，在几家餐馆当过传菜生，吃了不少苦，真是难为孩子了。孩子打工挣的钱自己从来不花，都交给我们，真是"穷人的孩子早当家"。做父母的，看在眼里，痛在心里，我们也商量：孩子总不能一直打工，将来事业、前程、家庭怎么办？但想归想，真的是别无出路，只好走一步看一步，真的很无奈。我也经常安慰自己：苦难未必是祸。

过了一段时间，我们又搬家了，这次是搬回老家杨千户村。我们回村后住在叔叔家闲置的房子里，我干的还是老本行——修家电。闲暇时，我会和几位京剧票友一起唱一段京剧，拉一段胡琴，倒也开心。我当初学拉琴是本村的清波哥教我的，他很有耐心，很认真。他为人忠厚，谦虚谨慎，我在他身上学到了很多东西。

　　有一天，儿子回家和我商量："我这几个月打工挣的钱不交给你们了，我要留着做学费。"我问："你要去学什么？"儿子回答说："我要去学武术。"然后还给我举例子：李小龙、成龙等都学好了武术，既能自己不受欺负，还能拍电影赚钱。我看孩子很认真的样子，就给他解释道："孩子，你说的那些人的功夫可不是三天两早晨练出来的，他们都吃了很多常人想象不到的苦，而且得从两三岁就开始练，像你现在都这么大了，筋骨要想练柔软，很难的。"孩子有些不情愿，不甘心地低头不语。

　　我当时能理解孩子的想法。无奈，如果他不想出去打工，那就在本村的建筑工地干活吧，总不能闲着！就这样，儿子在建筑工地搬砖、推小车，干的都是体力活儿，几天下来，小脸晒得黑黑的。儿子现在回想起来，说那时他特能吃，中午饭吃馒头，能吃一胳膊（就是从手腕一直排列到胳膊肘）。出的汗多，下的力大，当然会吃的饭多。

成败之间的感悟

  王琨小时候是在他姥姥家度过的。当时我开门市，他母亲干临时工，我们没有时间照顾孩子，只好让他姥姥、姥爷带他。他姥姥家的气氛非常好，全家和睦，舅舅、舅妈非常疼爱他，姥爷经常背着他去外面玩，还让他学游泳。王琨小时候很听话，姥爷说："中午家里人都要午休，你不能大声说话，也不可以到外面去玩，更不能跑出去下水。"于是王琨就在家里待着不出门，蹲在地上画画，很乖。

  经常搬家的我们又搬到了东关（国棉厂东侧），租了邵家的门头房。邵家有一个和王琨同岁的小子，叫兵兵，和王琨一起在东关小学上一年级。兵兵心眼多、聪明，王琨老实、忠厚，因此王琨老是被兵兵捉弄，大人也不当回事。

  门市的生意不算好，挣的钱除去交房租，还要负担工商、税务、水电及日常开支，最后所剩无几。我当时没有悟性，没有责任心，没有长久打算，有时耍牌，有时酗酒。我太太是极有上进心的，又要强又能干，一直撑着这个家。现在想想我真是不应该，心里很内疚，觉得对不起太太和这个家,如果没有她的担当、付出、奉献,真的不敢想象我们会成为什么样子。

　　我的两位叔叔来到我的店里,询问了店铺的经营状况后,建议我回老家开个厂子,原因是当时生意很好做,他们有经验,可以帮我。我决定回去试一试,店面就交给了我的徒弟打理。

　　回老家后,我和几位兄弟合伙开了厂,建厂房、买机器、进货等等。我自己没多少钱,便到处求亲告友,还贷了款,终于让厂子正常运转起来了。厂子刚开始还能挣点钱,可好景不长,因产品的市场价格一落再落,我们最终亏了本,欠了一屁股债。

　　回忆起这段经历,我感悟到:有苦有乐的人生是充实的,有成有败的人生是合理的,有得有失的人生是公平的,有生有死的人生是自然的。

第二章 创业之路

一个能干大事的人，
他的心胸、气度、格局一定是很大的。

重新踏上创业路

2005年前后,一个朋友介绍我们加入直销行业,说是这家公司的产品非常好,奖励制度也不错,是自由创业的一个好机会。我的意思是先用一下产品,看一看相关的介绍,然后再决定是否从事。我太太是个单纯的人,很容易相信别人,就跟随这个朋友到外地考察。这一去就是七八天,可把我急坏了,当时我们都没有手机,也不知道朋友的电话号码。她到底在外面发生了什么事?是否被人给卖了?……我产生了很多负面的想法。什么样的生意,能让人在外面一待就是这么多天?

直到太太回来,我心上的这块石头才落地。不过她的状态可不一样了,她从来没这样兴奋过,眉飞色舞的样子像换了一个人。不等我问是怎么回事,她就兴高采烈地给我大讲特讲这生意多么好,谁谁谁怎么成功的,现在的收入有多高,等等。我说,你先别急,慢慢讲,有的是时间,先休息一下,喝点水。我的性格是服从型的,太太的性格是领导型的,就这样,在我太太的直接领导下,我们加入了直销行业。

时至今日，回想起以前走过的路，感慨颇多。当时我们欠别人一屁股债，而做直销必须自己先买产品用，才能将使用效果分享给别人；为了成长、成功，还得到处去参会、学习，所需费用也挺多的。加之一开始只是消费，没有回报，这一切对于我们来说都是一个一个的坎儿。

我们当时居住在农村，面对的当然也就是身边的亲戚朋友。因为以前我们做生意赔了钱，还跟别人借过钱，现在又要别人了解一个陌生的销售方式，并从你手中买产品，这在消息闭塞、人们的思想观念比较保守的农村，简直是不可思议。可想而知，对这些人谈产品的好处，比如说我们销售的产品既环保又省钱，对身体健康有益，那都是白扯。想打动这些人，就像俗话说的：连门都没有！这也正是：一个消息，从地球的这一端发往地球的另一端只需零点几秒，可是一个观念，从人的脑外进入脑内，要经过几年、几十年，甚至一辈子。

我们也是通过大大小小的会议，通过看书、看视频等真正了解这种销售模式，逐渐对这个行业产生了信心，明白了如何依靠团队、依靠会议快速见成效。

其实通过学习，我自己也真的有所收获，有所成长，也学会了一点儿沟通技巧，以及保健、思维模式方面的知识。比如通过学习我懂得，知道是没有力量的，只有相信并做到才有力量。是的，干任何一件事都需要信心，自信心很重要，要是没有信心，怎么能干到底，怎么能干好呢？

直销这种商业模式在农村不好做，于是我和朋友商量去临清市。就这样，我们又搬家了，租住在一个姓崔的二哥家的二楼，除了居住的房间，还有一个小会议室。当时儿子王琨也和我们在一起。

"初生牛犊不怕虎"，我出去拜会朋友，正好遇到住在附近宾馆做生意的甘肃人老赵师傅。认识以后，他常来我家里坐坐，我也常到他租住的宾馆去聊天。他由于身体肥胖，心脏不太好，有一天，他说心口不得劲儿，我们就建议他服用我们的产品，他的意思是产品有点儿贵，而且自己身上没带多少钱。我和他说钱先不用给，产品先吃着，钱以后再说。

你看，我胆子有多大，人命关天呐！当时我就仗着产品对心脏有点儿保护作用，就敢给人推荐，现在回想起来都后怕。不过幸好他并无大碍，我把他接到我们家住了几天，并细心照料。到后来，他回老家后才把吃的产品的钱给我们打过来，并表示了感谢。

抓住机会，改变人生轨迹

我们在临清市做直销时，由于居住条件有限，经常没水，所以需要往楼上提水；又没洗手间，所以还要往楼下提便桶，打扫卫生。这些活儿，都是王琨主动干。王琨懂事早，看见没水了，不用别人说，自己会主动下去提；早上把便桶提下去倒掉后，还会把一楼的卫生间也打扫得干干净净。难怪我们的房东——崔二哥连连夸赞："你们这孩子多好，知道替父母干活，我那儿子比王琨还大，每天除了玩电脑没别的事，真羡慕你们有这么乖的儿子。"我们听后心里也很高兴。

虽然没钱，但我们一直在想办法把生意做好。后来我们又搬到了市交警大队的南侧，其间发生过很多有趣的事。王琨的姥爷有时也去店里看看，问问生意情况，说实在的他对我们一家很挂心。我们对王琨的姥爷也很关心，夏天天热，我主动给老人洗澡搓背，老人挺开心的。

后来，我们店里又加了其他项目，比如刮痧。我太太非常努力，在威海张静姐的带领下，学会了刮痧。不久，我们又把北京教刮痧的刘老师请到临清来开班,并现场示范,收到了一定的效果。荣成的张姐说我太太:"娄东爱,你真行!在哪儿弄那么多人参加培训?真有本事!"

真的,我太太在销售这方面真有能力,大胆且有一股子闯劲,干什么事都努力。

冠县的企业家刘总,也值得我们感恩!他由于身体方面的问题,常来我们店刮痧,也服用了一些保健品。他人很随和,虽然生意做得很大,可没有架子,也不会看不起人。夏天天气热,他问店里为什么不安装空调,我们不好意思地回答:"还不是没条件嘛。"刘总心眼很好,总为别人着想,他说:"这也算事儿?先从我这儿拿一万元,买台空调装上,这样客人在店里也舒服,这钱你们什么时候方便什么时候还。"后来他又从我们这里买了六台空气净化器,可以说很给力,他是一个能帮别人,也能带给别人利益的人。我们很感动。

期间,王琨也和我们一起做了一段时间的销售,登门拜访过客户,给客户送过报纸。他非常爱学习,我们午休的时候,他就到图书馆去看书,坚持了很长时间。后来王琨跟我们说,要去石家庄上一个老师的成功学课程,一天一千多元的学费,再加上路费,差不多需要两千元。当时,我们手中真的没这么多钱,为了锻炼他,就决定让他自己去借、去想办法。

我们当时的状况是,过去做生意亏了钱,亲戚朋友都知道,现在又做直销,人们还不接受这种方式,谁还会借钱给我们?而且还有人认为:大人不好意思来,就安排孩子来借钱了。反正是孩子走了很多家,也没借来钱。看着孩子失望沮丧的脸庞,做父母的我们也很难受。孩子想去学习,这是好事,我们竟支持不了孩子。无奈之下,我们把能拿出来的钱凑在一起,又向泰安姓刁的一个朋友借了一千元，总算凑齐了王琨的学费。当听说我们已凑齐学习的费用时，王琨高兴得不得了。他从来没这么高兴过，可见孩子对学习的那种渴望。

人生真的就是这样，或是一个人，或是一本好书，或者一场会议，就能改变你的人生轨迹。石家庄的这个成功学课程，王琨收获很大，而且他的学习能力超强。回到临清，他马上自己动手，制作了一些旗牌道具，给我们的团队培训，连续进行了好几期。我们也发自内心地佩服、高兴，因为从来没体验过这种培训。每个人都有收获，都有突破。

正所谓，所见所闻，改变一生；不知不觉，断送一生。人生就是经历，就是体验。

王琨的身上还真有着闪闪发光的品质。在他和朋友一起送报纸时，有几日朋友有事，只有他一个人送，可开工资的时候，王琨坚持两个人平分。他解释说，谁还没有点事儿，这点钱不能太计较。当时我们的理解是：我们儿子的思想境界比我们高。真的，我们作为大人，有时候也做不到这一点。这就是今天王琨讲课时经常提到的"大气""肯吃亏"。

怎么大气呢？我体悟到：一个能干大事的人，他的心胸、气度、格局一定是很大的。

孩子们在困苦中不断成长

我们的宝贝女儿王路，学历不高。由于我们经常搬家，给孩子的学习和成长造成了很大影响。我们忏悔，我们有过失呀！这孩子有个性，有脾气。其实到后来，我们了解了一些知识才晓得，孩子在成长过程中，她的脾气、个性的形成受父母尤其是母亲的影响很大。今天来看，"孩子的一切问题，就是父母的问题"，这话还真有一定的道理。

"不当家不知柴米贵，未生子不知父母恩。"时至今日，女儿王路已经做母亲了，也逐渐变成熟了。我们做父母的为她的成长感到无比欣慰。

由于我们自身条件的限制，结识到有威望或是高层次的人比较困难，用一句土语说：人家不跟你玩儿！你只有和那些比你条件还差，或是同频率的人，才有可能待在一起。你比我强不了多少，我比你差不了多少，这就是"物以类聚，人以群分"吧！

有一天，王琨深有感悟地说："我们去大地方发展吧！我们这个小县城经济落后，来我们这儿参加培训的人，有的竟然穿着大裤衩子、拖鞋就来了，见到免费的午餐就使劲儿吃，这样下去，总不是办法。我想到大城市去发展。"

当时，我们也意识到这一点了，但观念、思维还是有点守旧，我们不敢再有闯荡陌生市场的心思。我只好对儿子说："那好吧，要去你就自己去吧！我们给你二百元钱，你自己闯。你也知道咱家的情况，欠人家一屁股债，凭我和你妈，不知道何时才能还完。你要自立，到时候盖房、娶媳妇这些事，你自己解决。记住，在外无论干什么，不能犯法，不能坑人。爸妈这里无论如何都有饭给你吃，你在外面混好了更好，混不好就回来。"

就这样，王琨去了济南。他刚开始去找了我一个在燃气公司上班的朋友，向他借了一辆旧自行车，给人家送煤气罐，每罐挣两块钱。送煤气罐很辛苦，不仅要跑很远的路，有时还要爬楼，一天下来，挣不了几个钱，身上的力气却用尽了。一天，儿子打电话说："爸，我想买一辆三轮车，你看人家一驮好几罐，挣钱也能多点儿，可我的自行车一次只能驮一罐，既浪费时间，又不挣钱。"我回答："我们没有那么多钱，你自己想办法吧！"

过了一段时间，他又去了济南市一家比较大的宾馆打工，在那里认识了张龙老师。他们有共同的爱好——打篮球，有共同的心愿——学习、创业，这使得两位年轻人一拍即合，商量好一起去北京发展，开始了学习——成长——创业的征程。

我们则还留在临清的小院里，继续艰辛地维持着原来的生意，虽然也感到艰难，但依然没有放弃。

第一次被处罚

　　做生意缺钱很正常,我们是"初生牛犊不怕虎",什么也不知道就敢用银行的信用卡。当时认为,钱用完后到日期还上就行,还没利息,挺合适的。可是我们不知道如果到期钱还不上利息会很高,如果违约还要承担法律责任。我因欠信用卡的钱无力偿还,银行到公安机关立了案,然后我被公安机关传唤,强制性的,说是要我整理一个材料,人是不许回去的。就这样,我因欠银行约5万元被拘留了。说实在的,在看守所里面的日子真的不好过。

　　这件事其实是有缘由的。我因为做生意,也认识了好多朋友。当时在信用社贷款不是一件容易的事,要有担保人。一个朋友可以为我们担保,让我们去镇上的信用社贷款以解燃眉之急,一是还欠信用卡的钱,再者还可以上些产品。当时是我的朋友开车陪我们去信用社的,钱贷出来以后,我的朋友说,可不可以把钱先让他用几天,他有点急事儿,我就答应了。我太太也一起去了,但她没在车上。就这样,我把钱给了这个朋友。可能他那边也有困难,过了好长时间也没把钱还给我。我们也实在想不出别的办法,就这样一拖再拖,直到把我拖进了看守所。

按照一般人的思维，对于我们犯这样的错，当然是不可理解的，有的亲戚朋友在一些场合都不愿提及我们。可我内心是很平静的，我觉得自己并没有做什么伤天害理的事。话虽如此，可该你承担的后果，你还得承担。

我太太很坚强，她是那种没事不找事，有事不怕事的人。事情已经这样，那就想办法解决吧！真是难为她了。我在看守所，全部的压力都得她一个人承担。而且，她还不愿让合作伙伴知道内情，因为生意做到这个份上，人家就没有信心了。可想而知，我太太承受的压力有多大，她的承受力有多强。她白天开发市场，带领大家学习；到了晚上独自一人想办法。钱，求亲告友，没有用，因为以前做生意赔了钱，做直销行业，别人又不理解，更不用说支持。无奈，还是跟儿子说了实情。

儿子当时刚创业，也需要资金，可儿子还是说会想办法把钱还上，不能让父亲吃苦，钱用光了可以再去挣。就这样，我儿子把我欠的钱，加上利息、罚款等都还上了，我才得到自由。感恩我的儿子，如若不然，我可能要被判刑。

现在回想起这些事，心里的滋味说不出来，酸甜苦辣都有。感恩上天赐给我一个好儿子。不能抱怨这世态炎凉、人情长短，只能说，自己实在没有德行，不曾为别人付出，这就是果报。

离开临清去北京

信用卡风波之后，又到了交房租、水电费的时间，我一想到这件事就感到很无力。在儿子的建议下，我们终于决定去北京。别看我们穷困潦倒，可给别人东西从不含糊。从交警大队南侧搬家时，我们把火炉、管道、散热片等给了我太太的大姐。从以前租住的小院搬家时，我们又把空调等给了我太太的二姐。最后一次搬家离开临清时，我们又把电脑、桌椅、空调给了我太太的妹妹。现在回想起来，也很自豪，在当时那样窘迫的情况之下，我们能做出那样慷慨的举动，简直不可思议。

在离开临清市去北京之前，我们暂住在郭庄二姐家。二姐夫是重情重义之人，当得知我们要去北京时，他又买东西，又凑路费，好一番招待。我们很投缘，他当时是在一家公司当车间主任，我之前做生意时经常跑内蒙古，每逢出发前或回来后，我们都会聚一聚，对此我记忆深刻。

我是个简单的人，出门就怕麻烦，随身带的衣物等越少越简单越好。我太太是个细心的人，衣服、化妆品等都准备得很齐全，大包小包的。我就在一旁劝："别太复杂，越少越精，实用就行。"孩子姥爷在一旁提醒："别怕麻烦，到用着时就知道该带不该带了。"老人确实有经验、有智慧。

我们有生以来首次进京，感觉一切都很新鲜！当时儿子刚创建慧宇公司，他把我和太太安排住在一个朋友家中。一连十五天，我们都没能见到儿子。当时我们真的能体谅儿子，二十岁刚出头，就承担这么多。资金短缺、人手不够，他压力很大，脸上全是痘痘。

后来，我们就去了儿子在北京像素的办公室。几个员工吃、喝、住、开会、做业务等全在一起，儿子有时还为大家做饭。我们也和员工吃住在一起。全队唯一的一个女孩——我太太介绍来的她一个好友的女儿——她有能力，有热情，现在事业做得非常好。

再后来，我们就搬到了北京东五环的白家楼小区，儿子和张龙老师一间房，我和太太一间房，还有厨房。

王琨和张龙是一起来北京的，他们一起工作，后来一起创业。因为有共同的理想、梦想，我们又一起生活，经常在一起聊天，张龙对我太太的谈吐、为人处世很是尊重、认可，便有了更深的感情。一次偶然的机会，张龙对我太太说："我要认您做'干妈'！"于是他便跪下了，当时我在场，特别感动。

第三章 亲友忆旧

付出爱，只谈论你挚爱的事物，
那么，爱会让你自由！

孝敬老人不能等

人们做事，哪怕是做好事，有时也会有人不理解。当初我母亲还在世的时候，我们学了营养学，知道了蛋白质、维生素对人身体健康的重要性，于是决定让我母亲也服用。虽然我们是借钱拿货，但觉得孝敬老人不能等。可是每次回家我们都看不到产品，问我母亲吃了没有，她说吃了，问她为什么看不到产品，她回答说收起来了。有亲戚朋友来了会说，那是坑人的，别相信那一套，有病还是要去医院，等等。人们的观念，不通过学习是不会改变的。

在我的伯父、伯母身上，也有同样的事情发生。人到老年都可能会有这样那样的毛病。伯父那年得了一场病，好长时间不能起床，而且七八天不解大便。我得知后就跟太太商量，送一些我们销售的产品给伯父吃，因为伯父、伯母从小对我疼爱有加，我们孝敬他们也是应该的，算是报恩。生意再难，我们也要让老人健康起来，然后就给伯父送去了当时我们在卖的很多产品，主要是纤维素之类的，可以帮助肠道蠕动。

神奇的是，伯父头天晚上服用，第二天一早就排便了，当时伯父可高兴了。后来我们也吸取了教训，怕别人反对，就在自己家把产品包成小包，吃一顿送一顿。功夫不负有心人，经过一段时间的调理，伯父竟能下床拄着拐棍走动了，我们别提多高兴了。

　　谈到人生的无常，失意、得病都很正常。人这一生的过程走完了，要给家人、社会留下值得记忆、值得效仿的事迹，比如孝敬老人，善待别人，无私地帮助别人，等等。伯父有修自行车的手艺，可他给别人修车从来不收一分钱，这在农村很难得。修理自行车需要的一些小零件、胶水之类的，他还得自己搭钱去买。这样的事，他做了不是一天两天，而是很多年一直坚持这样做。我们在看伯父时和他聊了很多他的善举，让他不要畏惧疾病，善有善报，他的身体会好起来的，伯父听了很开心。

交一好友，一生受益

我高中毕业在本村代课时，我的一个发小时任中学英语教师。他身材高大魁梧，重义气。当时我们关系很好，我在老家时，他一直很关照我；我去山东聊城、江苏新沂学习钟表、电器维修的时候，他还去看望过我，给我的生活增添了不少乐趣。

他天生就是做大生意的料，年轻时就有做大生意的想法。他很会包装自己，约我一起外出时，也给我包装，告诉我不能像在家时那样穿粗布鞋、留长头发，还让我穿皮鞋。由于我平时穿得很随意，穿皮鞋有点儿板脚，以致不小心跌倒受伤，脚肿得很厉害，过了很长时间才恢复。

我和他去过武汉打探东风汽车的行情，去过天津等地进行考察，每次外出都是他在付出。现在回想起来我也蛮内疚的，当时自己经济条件不好，想法也很简单，就是谁有钱花谁的，等挣到钱，谁花得多多分点儿就是了。

因为在同一所学校教学，接触的时间自然就长。有时星期日，我们会相约去康庄镇赶会，会上有卖东西的，有说书唱戏的，有耍马戏的，很热闹。那个年代，农村有这样的场合，也能让大家开心快乐。赶上热闹的时候，整条街都是人，拥挤不堪。那时，家境稍微好点的都去赶会。最使人高兴、让人难忘的，就是先喝点酒，吃个"武城旋饼"，然后再去看场戏。

有次，我俩又去赶会，上午还天气晴朗，下午却乌云密布，一副要下大雨的样子。当时的乡村还没通公路，都是泥土路。大雨倏忽而至，我们只得冒雨往家返。我们离家也就十二里路，可是下雨天路面的湿滑可想而知，稍有不慎，就会滑倒。我本身腿脚不灵便，骑自行车也有很大的困难。朋友当时骑一辆青岛产的"大金鹿"，说："你把车给我，坐我自行车后座上"。然后，他就一手撑把，一手拎着我的自行车，后座上还驮着我，在泥泞的土路上往回赶。那个难度可想而知，空车骑行都很艰难，何况又载一个人，另一只手还要带一辆自行车，现在想想真的是很感激他，也很佩服他。

交一个好友一生受益，我有切身体会。好像是1984年，当时有黑白电视机的家庭还很少，大部分家庭都只有一台收音机而已。我刚去城市开门市时，我的朋友老四没少费心，从租门面到搞音响、做牌匾，都给予我很大的支持，他是发自内心地为了朋友好，是真心实意地在帮助我。

我们住在小院做直销的时候，老四也很给力，从我们这里购买了很多产品。他的经济条件好，居住在城里，又爱学习，经常出门，能接触到许多新信息。他也知道做一个新兴行业的不容易，知道我们没有高端、有影响力、有购买力的客户群体。他曾说："你看你们找来的这些人，都很朴实、善良，但条件差，都是农村人，你们好不容易把道理、好处给他们讲明白了，最后他们两手一摊：'没钱！'真是白费力。"

我们走了很多弯路，不过也得到了锻炼。我们上台演讲的能力提高了，特别是我太太，几乎每次开会都是她讲。

　　更让我感动的是，老四认为不仅要有好的产品、好的项目，还要能吸引大众的目光，老是待在一个偏僻的小院不是长久之计。于是，他主动给我们联系了一个面积较大的路边店，这里交通方便，人流量也大。他还主动承担了半年的房租，又派专人给我们安装了空调。这对于我们，甚至对整个团队来说，都是莫大的支持和鼓舞。他们都说："你看王大哥交的朋友，就是够意思。"谢谢你，我的好朋友！

男大当婚，女大当嫁

为了把生意做好，在老四的帮助下，我们又搬家了。

搬到新地方，大家开始布置房间，要有吃饭、睡觉的地方，要有挂白板开会的地方，也要有产品展示的橱窗。楼房空间很大，适合办公。王琨也很支持我们，希望我们把生意做好，还在北京给我们购买了电脑和检查身体的仪器，并且在我们过不去的关口，几次打款给我们。

有几年春节，王琨没回家，他想拿到好成绩，挣到更多钱再回来孝敬父母；没成绩，两手空空回来也没意思、没脸面。知道孩子要强，我们也理解。有些事情，我们也能看得开，放得下。

就拿他的婚姻大事来说，亲戚朋友都劝我们："你们要催一下王琨，该解决婚姻问题了，趁你们年轻，也能帮他们带一带孩子。"我心里想："就咱这水平、思维方式、见识，他有了孩子让不让你带还不一定呢。"因为我们觉得他本身是做教育的，自己的事知道该如何解决，我们让儿子明白父母的心就好了。

王路（原名"王璐"，办身份证时改成了"王路"），比王琨小两岁，当时也在北京打工，谈了对象，告诉了她母亲。男大当婚，女大当嫁，现实社会就这样，我们也就不反对了。但当得知对方是黑龙江哈尔滨人时，我们有些不乐意，因为我们就这么一个宝贝闺女，嫁这么远，猴年马月才能见一回呀！

女儿很聪明，她打电话给我，说自己的眼光不会错，说对方老实、忠厚、有气质，求我在她母亲面前多美言几句。女儿知道我的性格，没多大的脾气，做事圆融。我答应她做她母亲的工作。那时我太太在带团队做生意，又经常学习，我相信她会看开的，况且现在交通方便，路程远点也不是问题。就这样，我和太太沟通协商好之后，王路才带她对象到临清见家人。

我们当时的想法是，只要女儿开心、愿意，我们不会过多地提要求，毕竟是他们在一起过日子，只要他们幸福就行。不过我们也有话对女儿说："自己做的决定不要后悔，要知道珍惜，无论今后的日子是富裕，还是紧巴巴的，两个人都要一起承担，不要抱怨别人。"

说实在的，我们这个女婿真的是一表人才，高高的个头，又忠厚老实。他们结婚时，我们和王琨也去了东北，参加了他们的婚礼。东北人好客，全村出动，还搭台子唱戏，很热闹。后来，我们在临清也为女儿办了一场结婚仪式，亲朋好友坐在一起热闹了一番。在王琨的建议和亲自安排下，婚礼现场摆放了音响，拉起了横幅，场面相当壮观，有气派。王琨的意思是，他就这一个妹妹，场面应该热闹一些！

那天，好朋友们忙前忙后，又随份子钱，又帮忙。特别是老四，他自己带烟，陪同学、亲戚和乡亲们聊天，气氛很好。

晚上，老四又去我们的门市陪王路的公爹和我太太的娘家人。为让大家开心，他还拿自己的五粮液招待大家，王路的公爹感动得不得了。王路公爹半夜还出去给老四买了一包好烟。最后，老四还负责开车把亲戚们都送回家，那时已经是半夜了。整整一天，多不容易，为了大家开心快乐，他付出太多，不说钱、物方面，单说精神的消耗就很大，真的令人感动。

单纯就是智慧

孙姐在即墨开了一间门市，主营家电，姜大哥是她的老公，负责店面的工作。我们去孙姐家次数较多——开会、学习、交流——给他们夫妇添了很多麻烦。我们去即墨时还在他家吃住，姜大哥忙里忙外，非常热心，就是为了让我们省点儿钱。

现在回想起来，我们特别感恩当时的一切。虽然在直销这个行业里，有的人做起来了，有的人没做起来，但我们不以成败论英雄，这一段情义是值得我们终生记忆和回味的。

我太太干什么都认真、细心。在荣成张静姐那里学习刮痧的时候，全班七十多个人，她竟然拿到了第一名，可见其学习的认真程度。

有一个张姐，在郊区做生意，很有影响力，为人直爽、大气。经朋友介绍，她和我太太认识了，到后来变成了我太太的知己。当张姐体会到刮痧加上营养调理的好处后，便向我太太说起她父母的健康状况，并说老人年岁大了，离店面又远，不方便来，问我太太可不可以去家里为老人刮痧，我太太当即答应上门为老人服务。张姐很感动，通过这件事情，二人建立了更密切的关系。

张姐的父母也很高兴,还亲切地称呼我太太为二妮儿(张姐排行老大),多么亲切。张姐还送给我太太她亲手种植的苦瓜。后来,我们拿货资金有点儿紧张,打电话给张姐,她立刻骑电动车把钱送过来了,借条也没让我们打,多么令人感动。

　　感恩张姐对我们的大力支持,类似这样的事情不止一件。

　　有句话说,单纯就是智慧。单纯的人容易上当,但也容易受益、容易成功。

爱会让你自由

我们在北京租房住时，外孙女的到来给我们增添了很多乐趣。外孙女小名叫婉婉，很乖，很聪明。她姥姥教她学东西很用心，她舅舅给她买了学习机。她会背很多诗歌，会唱很多儿歌，喜欢绘画。我们要发现孩子的天赋，并让她发挥、绽放，使她成为她应该成为的人。

通过带孩子，我感悟到童真的可贵，孩子没有成人的复杂与多虑，哭就是哭，笑就是笑。婉婉说："我有两个舅舅，一个叫王琨，一个叫张龙。张龙舅舅还给我买了小狗狗，可好玩了，谢谢张龙舅舅。"

张龙跟我们生活在一起的时间虽然不太长，但他跟我们的感情很深。他有爱心、内秀。当他听说我太太要去敬老院做活动时，便主动拿出二百元钱，说："虽然我不能到现场，但请代我给老人买些东西吧，表示一下。"我记得有一次，王康老师也是把钱给我太太，让我太太代表他为敬老院的老人尽心意，让人非常感动。和一群有梦想、有爱心的人打交道，我真的能感觉到，他们的付出绝对不是为了回报，就是做力所能及的好事，难能可贵！还是那句话：只要人人都献出一点爱，这世界将变成美好的人间。

《三字经》里说："人之初，性本善。"佛说："人人都有佛性。"觉悟了，就去做，去帮助人。觉悟了的人生，首先是自利，然后是利他。这是幸福的、快乐的，没有恐惧、没有疑惑。

拥有美好人生的人时常谈论他们挚爱的一切。因为这样，他们能得到无数通往生命中美好事物的通道。所以，为了拥有美好人生，冲破那禁锢你的牢笼吧！付出爱，只谈论你挚爱的事物，那么，爱会让你自由！

向岳父学习

　　王琨、张龙陆续搬出白家楼，到离公司近的地方租房住去了。后来我岳父来我们这里住了一段时间，给我们留下了一段美好的回忆。我也从和岳父的相处之中，懂得了很多值得学习、借鉴的道理。岳父性格沉稳，没发过脾气，待人和善，特别喜欢听单田芳的评书。要是机会合适，没别人打扰，他的话匣子一打开，你就听吧，比听书、看书有意思得多。他记忆力超好，记得很多故事，甚至连故事中主角往上三代的历史都能讲得一清二楚，不服不行。

　　我和太太基本上是吃素，可岳父八十多岁的人了，我们怕他营养不良有时会给他买一点肉补充营养。虽然很少，但老人很理解我们，说和我们一样就行，我们吃什么，他就吃什么，不挑剔。别看他是八十多岁的人，上楼、下楼利索得很。就是有一点儿，他做事很谨慎，出门怕迷路，不怎么下楼。我们劝他没事时下楼到小公园、马路边走一走，遛遛弯。我们陪着，他倒是愿意去，但他自己是不会去的，就待在楼上听书、听戏。他说："万一找不到我了，你们会很麻烦。"你看，做人、做事，处处为别人着想，也很有意思。

王琨是他姥爷带大的，他姥爷经常说："三岁看大，七岁看老，这孩子记性好，听话，从不顶撞长辈。还有就是像孔子的学生颜回，不贰过，只要告诉他一件事不能做，他准能记住，这是值得我们学习的。"

　　说到这儿，我要忏悔，我不但贰过，还"老是过"。比如说喝酒，既然戒不掉，有这爱好，那就要有度。为什么酒精有度数呢？就是告诉人们，喝酒要有限度。我老是感情用事，不理智，太不应该了。都这么大岁数了，也经历了很多事情，应该自律了，但说到和做到是两个概念。

　　有句话说，世界上最远的距离就是从头到脚的距离。我要向我岳父学习，替家人着想，不给家人找麻烦。看好自己，别惹事，就是对家人最大的安慰。我要忏悔，要改过，要用实际行动来证明。

王康老师

王康老师是慧宇公司的高管，公司上下，只要是认识王康老师的，没有不称赞、不佩服他的。他是公认的好人、好领导。他有该承担时当仁不让、舍我其谁的勇气；他有该放下时培育后学、功成弗居的涵养；他知恩感恩，懂珍惜；他有度量，能包容。

因为他家离公司近，他经常带人回家吃饭，他母亲（我喊九嫂）曾说："家里来人吃饭是好事，可王康事前从来不打招呼，说带人回来就带人回来了，搞得我们手忙脚乱。现在这已经是常事了，我们平时多备点米和面就行了。"

王康老师的家族观念很强，每年春节都送本族人礼物、给本族人发红包，甚至连邻居都有礼物，这真的是说到容易做到难。从这一点来说，我们就应该向他学习。

我叫王康老师的父亲九哥，他是个了不起的人物，现在也在北京生活。他当时在湖北老家可是远近闻名，曾在一个厂子担任过主任，自己也承包过土地。他待人处事的方式可真是不一般，和别人合伙做生意，宁可自己吃点亏，也绝不让跟他合作的人吃亏。有人欠了他很多钱,他也能放得下,不仅不和欠债的人计较,还买礼物去看对方。

正所谓"人欠天还,吃亏是福",他将来肯定会有更大的福报。九哥待人和蔼可亲,脸上常常挂着笑容,一看就是有福报的人。我在北京时就和九哥、宋哥(宋涛老师的父亲)见过,后来我们哥仁又都在海南待过一段时间。因为我们三家在海南的房子都要装修,所以我们在一起的时间就多了,我们一起喝茶、聊天,很开心。如果将来我们都去海南养老,那就热闹了。

宋涛老师

宋涛老师，北大毕业的高才生，是宋家的骄傲，也是慧宇公司的荣耀。我管他的父亲叫宋哥，宋哥经常给我们分享宋涛的成长经历。他们宋家家族庞大，人口众多，按古时的说法，家庭背景比较好，在当地很有威望。

有一件很有意思的事：慧宇公司在防化学院开幼儿培训班，我和太太也去帮忙了，太太是助教，主要负责看护孩子。因为当时人手少，事务又太多，就留下了来北京送孙子上课的王振奎大哥当义工，他的工作就是处理和清洗餐具。

下午，我们在宿舍休息，孩子们快要下课了，就听到宋涛老师的声音："快，孩子们要用热水。"他一路小跑到宿舍，着急地让我和一位同事到三楼把热水桶抬下来，因为孩子们马上要用。我微微一笑，说道："宋老师，你真是一着急就把我当'好人'了。"宋涛老师不好意思地笑了，忙说："叔叔，不好意思，我一着急就忘记了。对不起！"从这件事可以看出宋涛老师对待工作的态度。他一心扑在工作上，经常是一边跑，一边打电话安排事宜。

宋涛老师在整个团队的配合方面所作的贡献，大家是有目共睹的。

有这样一则小故事:"一日锁对钥匙埋怨:'我每日为主人辛辛苦苦看家,而主人喜欢的却是你,天天把你带在身边。'而钥匙也不满地说:'你每天待在家多舒服!我每天跟着主人日晒雨淋的多辛苦。'一次,钥匙也想过一过锁的生活,于是自己偷偷地藏了起来了。主人回家后找不到钥匙,气急了就把锁砸了,扔进了垃圾箱。主人进屋后看到了钥匙,气愤地说:'锁也砸了,留你何用?'于是,把钥匙也扔进了垃圾箱。钥匙和锁相遇后,不由得感叹落得如此下场,都是因过去不懂互相配合造成的。"

人与人的关系是相互的,相互扯皮、争斗,只能两败俱伤。唯有合作、配合、协作,方能共赢、共荣、共存。慧宇公司有宋涛老师这样认真、专注、负责任的领导,真是大幸也!

张锦贵教授

我与台湾的张锦贵教授非常有缘。早些年，我和王琨都很喜欢张教授的演讲——风趣幽默，发人深省。那个年代我们是看他的光盘学习的，直到张教授来慧宇公司，我才有幸一睹其真容，而且与他共进晚餐近距离接触，那感觉真是不一般。感恩张教授对慧宇公司的支持，感恩张教授对王琨的帮助。

我和太太有幸到海口学习了张教授的密训课程，收获满满。正所谓：聚天下英才而教育之，乃人生乐事也；得亲近名师而学习之，乃人生福报也。

在学习的那几天里，张教授每天都和大家在一起，并没有搞特殊，还多次邀我们同桌进餐，令我非常感动。

张锦贵教授为海峡两岸的文化交流做出了突出贡献，值得我们尊敬。

张教授，我们爱您！

第四章

心之所安,即桃源

一朵云去推动另一朵云,
一棵树去摇动另一棵树,
一颗心去唤醒另一颗心。

生活需要宽容

我当年在临清市开家店维修门市时,在临清市大众饭店的北边,有一个姓张的师傅开的家电维修门市。张师傅也喜欢拉琴。我们认识之后,便决定一起办一个培训班,专门教授无线电原理与维修,我负责教授理论,张师傅负责教授实践,他的女儿负责做饭。达成协议后,我们还在山东人民广播电台发布了广告。培训班收了不少学员。我们搞了两期培训,一切还算顺利。后来,我用办培训班挣的钱买了一辆崭新的凤凰牌自行车,上下班更方便了。

有一天,张师傅跟我说,他女儿要订婚,要借一下我的新自行车。我说没问题,就把车借给了他。谁知这一借,他就再也没还回来。他女儿说,比较喜欢这辆新车,要用给我们做饭的工资抵,可她的工资远远不够,真是无奈。张师傅说他也没办法,只好给了我一辆破旧的车子,这车连内胎都没有,里面填的是草绳,我也没过多抱怨。不抱怨,要有成人之美的心。

再到后来,张师傅回老家去了,我还在市里开门市。有一天,张师傅的儿子来我店里,说他爸要买几个电视零件。我这里有,就给了他,他给钱,我没要,说:"我和你爸是老朋友,这几个零件钱就算了,你拿走吧。"我没怨恨张师傅,而且还感谢他与我合作,无论如何不能成为仇人,成为朋友大家才过得都舒服。

我们要把爱放进心里,挂在脸上,涌出眉间,出自舌尖,用在手边。

有一年冬天,我办了一个家电维修培训班,学员来自全国各地。其中一个学员让我记忆深刻。他叫比利,来自内蒙古太仆寺旗。他和我说来得匆忙,忘记带学费了,说过几天让家里给邮过来。我说行,他大老远跑过来,总不能不让他上课吧,我就让他先参加培训。

直到接近年关,课程上了一大半,他家还没寄钱来,他找到我说:"家里条件差,学费可能一时给不了,不过师傅你放心,这钱绝对少不了的,我回家过完年就带钱回来。可是我回去的路费,师傅你还得借给我。"你看,他该给我的学费没给,还跟我借路费,换作是你,你能接受吗?我接受了,立即借钱给他。一个孩子出门在外,如果过年回不了家会多难受。到如今也没有他的消息,这事就这样了。我这不也过得挺好嘛!过去的就过去了,就算是我欠人家的,现在两清了,心里就清静了。有了宽容的心,生活会变得自由自在。

努力提高自身修为

刚刚听到一段音频,颇有感触!现代人的认知、处世方式和古代人截然不同。这没有对错,跟个人的修为、家教以及所处的环境有关。

其实简单地说,每个人都是这个世界的过客,来这世间旅游一趟就走了。你所拥有的东西,也只是暂时拥有而已,何必计较呢!夫妻要是真的悟了,就是同修同渡,通过表象来看透自我。永远向内求,而非一味地要求别人怎样怎样。

"百年修得同船渡,千年修得共枕眠。"夫妻是缘,无缘不聚;儿女是债,无债不来。有善缘,有恶缘,有讨债,有还债。

我回顾自己从记事开始的所作所为,不由得感叹:儿时不懂事,不知礼,因身体残疾所以常有自卑感,缺乏必要的心理调理来纠正这种偏执。受家庭及社会因素的影响,我又形成了自己为人处世的习惯——自以为是,不善沟通,喜爱玩牌,嗜酒如命,没有远大的理想与抱负,虚度时光,终究一事无成。还是佛与菩萨慈悲,教我正知正见,不然,我这一生就白来了。

我为什么愿意参加传统文化讲习班？为什么总愿意去寺院和出家师父或在家居士待在一起？因为他们没有闲是闲非，不讲废话，我跟他们待在一起感觉舒服，说的聊的都是内心真实的感受。不像有些人只讲客套话，有用、有意义的话不太多。我庆幸自己有此因缘，渐入佳境！

学习的重要性

在北京时,我和太太参加了"家庭教育指导师"培训班,张宝萍老师和宋艳丽老师是主讲。两位老师年岁很大了,还在辛勤耕耘,看得出来是出于对这份工作的热爱。有用的人像太阳,天天散发光明和热量;有德行的人似春风,时时吹拂让人舒适。他们看到现代不少孩子的问题,实际上都是家长的问题。有的家长不懂得教育引导,总以为把孩子生出来,只要将其抚养长大就行了,对孩子的教育是学校和老师的事情;参加培训班学习后才知道,原来父母才是孩子的第一任老师。

我从这次培训中学到很多东西。家长如果不走出来学习,不提升自己,就没法当好孩子的第一任老师。父母都有责任承上启下、言传身教,把老祖宗的优良传统,良好家风、家规、家训做到位并传给下一代,使家族健康有序地发展,使家庭幸福。社会是由家庭组成的,家庭是社会的细胞。每个细胞都健康和谐了,那整个社会和国家就好了。

如果你不学习,那么你怎么可能带动孩子,并让孩子佩服你呢。

再者，真要是对家庭负责任，对孩子负责任，就应该有这种认知，就是要向成功的人，向有成就、有结果、有影响力的人，向有正能量、有大爱的人，向对人类有贡献的人学习。这样的人生才会不一样。

穷则独善其身，达则兼济天下。这一点王琨及其所带领的团队做得很好。到今天为止，他们整个团队已捐赠希望小学十二所，其他的慈善活动我不太清楚，他自己也已捐赠了两所希望小学，领养并赞助了很多孩子。他还以我和他母亲的名义捐赠了一所希望小学——爱华希望小学，满足了我们的夙愿。有这样优秀的儿子，真是我们此生最大的幸福和快乐！他不仅在物质方面满足我们的需求，而且让我们精神愉悦。

同时，我们也深深地体会到：成功的背后，他付出了多少努力；他的双肩，承受了多大的压力；荣耀的背后，他付出了多大的代价；成就的背后，他做出了多少牺牲。儿子，辛苦了，爸妈爱你！

我说这些不是为了炫耀，而是应了那一句话：一朵云去推动另一朵云，一棵树去摇动另一棵树，一颗心去唤醒另一颗心。

做一个有大使命的人

回顾自己所走过的路，我真是感到惭愧：既没有尽孝——无论是在临清，还是后来到北京，很少回家看望母亲；对子女也没有给予特别的关爱。我太太很伟大，风里雨里地陪伴着我，而我却经常惹她生气，真是不应该。我没给儿子盖房，也没留下什么东西，儿子不仅毫无怨言，还替我们尽孝心。我们老家的旧房子是土坯房，很破旧，加上地势低，每逢下雨天屋里就漏雨，屋外的雨水也往屋里流，母亲总是担惊受怕。

儿子看奶奶的房子实在破旧，就主动提出来要给奶奶盖新房，让她老人家安享晚年。当时他奶奶不太同意，意思是：孩子挣点儿钱不容易，也这么大了，自己成家立业也需要花钱；再者说，自己都这么大岁数了，还能活几年？将就着过就行了。

可王琨坚持要给奶奶盖新房。就这样，2015年2月，在老家几位叔叔还有哥哥的帮助下，王琨出资给奶奶盖了新房——北房五间、厨房两小间，并砌了院墙，铺了地面，改造了厕所，安上了大门。

后来，儿子觉得家乡的路太难走，下雨时更甚，就出资二十万给家乡修了路，受到我们村和邻村村民的好评。儿子有这种心胸、这种大爱让我们很自豪。村里的干部和负责施工的周工，还亲自到北京送锦旗，表示感谢。王琨说："这是祖上有德，再加上爸妈学佛、念佛，吃过很多苦，把功德给了我，我才有今天的一点成绩。"

王琨还组织了"家族能量"会议，截至2020年年底已成功举办了四届，让两大家族（王氏家族和娄氏家族）能出来学习的都出来学习、提升，带领整个家族向上向善。为此，他付出了很多心血。这孩子真的是有大使命的人，六七天的日程，包括人员接送、会务及吃住都安排得井井有条。此外，王琨还给两个家族整理族谱，建设祠堂。另外，还设立了"家族奖学金"，鼓励家族的后代好好学习，将来成为有用之才。

王琨的团队越来越大，自然有很多事情要做，但他不忘照顾我们，给我和他母亲机订票、订旅行社，让我们出去旅游散心。

我们第一次去海南旅游时，感觉那里的空气、水都很好，比较适合养老，就给儿子说了我们的想法。儿子说，将来给你们在海南买房，让你们在海南养老。

后来，儿子真的在海南给我们买了房，房子背后是山，前面是海，现在我们已经住进去了，谢谢儿子满足了我们的愿望！

心之所安，即桃源

　　海南这地方只有春夏两季。即便在温度最高时，只要不在阳光下晒，海风一吹，也并不是特别热。这里的空气好，没有污染，水也不错。东北三省过来的老年人较多，特别是在冬季。有些人多年的慢性疾病，在这里住一段时间就会有好转。我们居住的小区环境很好，服务也相当不错。家里的水、电、气有故障，只要报修，很快就能解决；免费的接送班车可以把业主送到超市、菜市场；小区内还有游泳馆、儿童乐园、小吃店、健身房，生活很方便。小区还有直达三亚凤凰机场的专车，现在又开通了51路公交，每20分钟一趟，到陵水县城非常方便。

　　当地人非常朴实、真诚，做生意很公道。我有几次在菜市场买的菜稍多一点儿，付完钱，商贩都会给我添一把小葱，或给几颗香菜。有一次，我经常骑的电瓶车刹车有点不灵了，就到维修店去修理。修车师傅忙活了好大一阵子才修好，我要付钱的时候，他却说："不换零件，不收费的。"这事让我很感动。

　　海南到了夏季气温比较高，当地很多人喜欢穿拖鞋、背心、大裤衩，很有意思，我也觉得这样穿特别方便。要做到"四随"就更好了：随遇而安，随缘生活，随心自在，随喜而作。

我们的外孙女婉婉来海南上幼儿园，给我们增添了不少乐趣。周一至周五，每天早晨送、下午接，虽不太远，可来回也得半小时。孩子可乖了，我们发现她喜欢唱歌而且不走调，发音很准，也喜欢画画，今后我们要重点培养。

这本回忆录，就是生活的片段而已，可谓乱七八糟、颠三倒四，加上我文化水平不高，请读者朋友见谅！不过，我所记录的都是事实和真实的感悟，"仁者见仁，智者见智"，望读者朋友海涵。

下篇 姜东爱 一切都是最好的安排

回想起这大半生走过的路,回想起身边的亲人、朋友,回想起曾经经历的事,不管是痛苦、忧伤、挫败,还是快乐、幸福、成就,都已过去,这又何尝不是对自己最好的安排。

第一章 忆昔抚今

童年是美好的,家人的相亲相爱、父母的为人处世,都潜移默化地影响着我,让我一生受益无穷!

我的原生家庭

我生在一个多子女家庭，上面有两个哥哥、两个姐姐，下面有一个妹妹，我排行老五。

我小时候是奶奶带我，我晚上和奶奶睡。奶奶有好吃的总是留给我，她的脸上总是挂着慈祥的笑容。村子里的人都很尊重奶奶，奶奶的威望很高。

我的父母很辛苦，抚养着六个孩子。他们每天起大早下地干活，回家还要操持家务。我的父母很乐于助人，父亲会盖房子，村子里谁家盖房都找他帮忙，父亲总是乐呵呵地答应。

父亲在外面帮人家盖房时，母亲就更累更辛苦了，家里地里一个人忙碌着。晚上点上煤油灯，母亲在灯下给我们兄妹缝衣服、做鞋子，一直到深夜。听母亲说，我小时睡觉总是让抱着，放不到床上，放下就哭，母亲没办法，只能抱着我，等我睡沉了把我放到床上后她再去做针线活。

奶奶和母亲的关系非常好！在我的印象里，奶奶总是笑眯眯的，很慈祥。不管日子多苦多累，母亲都无怨无悔，脸上总挂着笑容。奶奶和母亲总是微笑着，轻声细语地对话，这让幼小的我都能感觉到幸福和甜蜜！我从没见过她们大声说话或不高兴的样子，有什么事都是坐在一起商量。

　　我的父母很恩爱。记得有一次母亲煮了鸡蛋，每个人碗里都有一个鸡蛋，唯独她碗里没有，父亲看在眼里，就把自己的鸡蛋夹到了母亲碗里，说："一大家子里里外外都是你操持，辛苦你了，你吃吧！"母亲笑着说："家里你最累，你吃吧！"又把鸡蛋夹回父亲的碗里。看着父母让来让去的样子，我很感动。那个年代农村人都舍不得吃鸡蛋，自家养几只鸡下的蛋都要拿到集市上卖，好换些钱贴补家用。

　　母亲给我们兄妹立的规矩还是很大的。她从小教育我们，只要家里有客人来，我们就出去玩，不要影响大人说话；客人留下吃饭时，我们不能上桌，等客人吃完我们才能吃剩下的饭菜。平时吃饭也是一样，奶奶没坐好，孩子们就不能上桌，等奶奶坐好，母亲说可以吃饭了，我们才高高兴兴地上桌吃饭。

　　那时候家里生活条件很差，我们常吃地瓜干、榆树叶饼子、玉米面，根本吃不上白面馒头，即便有两个白面馒头也是给奶奶吃的。奶奶吃馒头的时候会给我留一小块，晚上睡觉时让我在被窝里吃。母亲从来都是最后一个坐下来吃饭，第一个吃完，干活在前面，吃饭在后面，她的心里装着家里的每一个人。母亲的爱非常伟大、无私！母亲的爱不是轰轰烈烈的，而是体现在生活的点点滴滴中！

　　现在不少孩子，吃饭先上桌，喜欢吃什么就拿到自己面前吃个够，爱吃的吃个死，不爱吃的死不吃！老人大多是隔辈亲，好吃好喝的都紧着孩子，孩子不吃就追着喂，其实都活反了。爱多了就是溺爱！被溺爱的孩子不懂感恩，体会不到父母的辛苦，容易形成自私自利、任性的性格！长大了可能就成白眼狼了！现在很多家长言教得挺好，身教得差一些！

我经常说的一句话就是：人过留名，雁过留声。

到现在我都很感恩自己能降生在这样幸福和睦的家庭，感恩父母给我温暖幸福的家，让我快乐成长。我的童年是美好的、幸福的，家人的相亲相爱、父母的为人处世，都潜移默化地影响着我，让我一生受益无穷！

邻里和睦

母亲勤快、善良、心灵手巧。我们兄妹的衣服都是她亲手纺线、织布、缝制起来的。花色再复杂的布，她只要一看就能织出来。过去家里的床单、被套、衣服，都是用母亲织的粗布做的。她还自己染布，自家用。在我的眼里、心里，父母好厉害，好了不起。父亲天天被人请，邻里的大姑娘小媳妇都跟母亲学做针线活！地里不忙时，我们家里像唱大戏一样，天天好多人，有说有笑的。母亲她们纳的鞋垫上的图案，简直太美了！有凤凰，有鸳鸯，有喜鹊，有字（如步步高升、平安吉祥等），真是工艺品！很遗憾，我有很多年没用过那样的鞋垫了。

前院大嫂嗓子好，唱歌特别好听，学歌又快，很有唱歌的天赋。大嫂跟着留声机学会了很多流行歌曲，唱起来简直像原唱！我们听得如痴如醉，拍手叫好，在大家的眼里她就是歌星。她会耐心地教我们唱歌，记得我二姐和几个跟她差不多大的女孩常学到深夜，我也学会一段现代京剧《红灯记》中铁梅的唱段。在村里，我们走到哪里，谁叫唱就唱，唱得有板有眼，认真的样子逗得大家乐呵呵的！

在那个年代，样板戏很流行，学生放学后都在学校教室里排练，等节日时演出。我也很喜欢样板戏，便偷偷跟着学。当时我很喜欢一个扮演双枪老太婆角色的姐姐，她唱得特别好，还爱笑。她总是关照我，放我进教室里学，她后来成了我的二嫂，缘分真的妙不可言！

手足之情暖心间

  大哥大姐既懂事，又能干，是家里的顶梁柱，在家里地里忙碌着，分担着父母的担子。他们总是吃苦受累在前，吃喝在后，关照着弟弟妹妹们。我是在父母和哥哥姐姐的疼爱中长大的，他们是我永远的榜样！

  俗话说得好，"长兄如父，长姐如母"，真是这样的。在他们的身上我看到了父母的影子！大哥结婚后虽分家另过，但还是一样照顾家里的每一个人。他就像一头不知疲倦的老黄牛，干活不嫌苦和累，脏活累活全包了！

  大哥不爱说话，在村里是有名的厚道人！有孤寡老人的地要浇水，他会不声不响地给人家浇完，不收一分钱，也不吃一顿饭，别人夸他时，他只会憨憨地笑笑。大嫂是我们本村的姑娘，人不仅善良、孝顺，也能干，对待弟弟妹妹特别好！每次改善伙食时，她都会把最好的先送到大家庭来，过年也不忘给妹妹们买头花。在我的眼里，我们不是姑嫂而是姐妹！大哥和大嫂内心充满了爱，装的都是家人！我感动！感恩！

大姐出嫁了也不忘给弟弟妹妹做鞋，家里的鞋柜总是满满的！她还会用缝纫机给我们做衣服，我们穿在身上，暖在心里！我结婚后，大姐还在给我做布鞋，包括我丈夫、孩子的鞋，都是大姐做的。冬天穿着大姐给我们做的棉鞋，既舒服又暖和！大姐付出了多少个日日夜夜啊！这份爱永留我心间！

　　大哥、大姐成家后，二哥、二姐也成了家里的一把好手。二哥心灵手巧，跟他岳父学了木匠活儿，雕刻、绘图、设计技术一流。二姐是有名的能干，有人说谁娶了我们家二姐谁有福，她不仅孝顺，性格也很好，还很有耐心！

　　有一次，中午饭的点儿都过了，二姐还没回来，父亲去地里找她，远远地看到她还在给庄稼打药，说马上打完了。我常常想，哥哥姐姐们真能干，怎么都不知道累啊？也不抱怨，有好吃的还让着妹妹。这些都是父母对孩子教育的结果，他们经常说："一个人最大的能力是做人的能力！不会做人，再有本事都是失败者！"妹妹乖巧懂事，而我从小就调皮、淘气，像个男孩子，让父母操了很多心！

母亲的言传身教

白天父母、哥哥、姐姐下地干活,晚上回来后点上煤油灯,大家坐着小板凳围成一圈,母亲和姑姑会给我们讲古代圣贤的故事和观世音菩萨的故事,我们听得津津有味。其实孩子们的善良很容易被唤醒。那会儿没有电灯、电视,父母组织大家一起听故事,学做人的道理,我现在想想十分佩服他们。

秋收时,玉米要脱皮碾粒,在那个年代没有机器,全靠手工。父母会给我们分配任务。姑姑嫁在本村,也经常来家里帮忙。姑姑的故事多得讲不完,我们很喜欢听。听着姑姑的故事,大家干起活来也很开心,每天都会超额完成任务。

父母从小教育我们要懂得感恩,尊敬老人,孝顺老人。他们把种子深深地种在孩子们的心灵深处。我们兄妹、姑嫂在"孝"字上都做得很好。感恩父母把我养育大!

母亲的善良、贤德,影响、感动了我一生!姑姑一生无子女,六十多岁时不小心把腿摔骨折了,医生说人老骨头糠,很难恢复了。母亲笑着安慰姑姑说:"伤筋动骨一百天,慢慢养,会好起来的,不要着急，着急上火对恢复不利。"三个多月的时间里，母亲给姑姑喂饭、擦身子、梳头发，细心照料。三个多月后，奇迹发生了，姑姑能下地走路了，骨头长得非常好，一点后遗症都没留下。

母亲的言传身教潜移默化地影响着我，让我受益一生。父母在我的眼里是榜样，是靠山。每当邻居们夸赞父母时，我作为他们的女儿都很是自豪！

我们家是严母慈父，父亲从来不发脾气，总是笑呵呵的。母亲对我们要求很严，她总说孩子像小树，有权就要砍掉，不直长不成材，更长不成大梁；孩子从小养成好习惯，才会受益一生，才能成大器、有出息。孩子在外面什么样，都会带出父母的德行，人家不说孩子不懂事，会说孩子没家教、没教养，这是父母之过！

母亲经常说："国有国法，家有家规。世上有因果定律，种什么因得什么果，从小种的这颗种子很重要！"

母亲定的家规是：一、要礼貌待人，见人要打招呼，人家是什么辈分就叫什么，不知道的要问；二、要会笑，一笑万福来；三、要懂得尊老爱幼，人一生最大的能力是要会做人（因为人的品德是无价的）；四、要学会吃亏（人缘好），吃亏就是吃福。

母亲说："没规矩不成方圆，做事有原则，做人有节制，才会有出息，才会让人佩服。"

母亲做的饭，我至今难忘。地锅大大的，下面烧柴火，上面贴饼子，锅里糊一大锅地瓜，黄黄的底面，又酥又香又甜，非常好吃。

母亲和两个嫂嫂的关系非常好，她对两个嫂嫂的疼爱都让我羡慕。每次从地里干活回来，母亲都自己下厨，让两个嫂嫂找凉快的地方陪孩子们玩。她自己锅前锅后地忙，大热天的衣服都湿透了，把饭菜端到桌上后，大家围着一起吃饭。

都说婆媳关系是世界性难题，但在我们家里例外。两个嫂嫂都是本村的，家里长辈都是好品性的人。那年月男女结婚都看重对方长辈的品性，讲究三代为人好，不太重视财富。我们姑嫂情同姐妹，几十年来都是这样。

父母经常说："孝顺养得孝顺子，无义养得无义人。"孝子贤孙是父母身体力行、言传身教的结果，父母的言行能够潜移默化地深入孩子内心，影响孩子一生。所以，原生家庭的环境，对子女的影响很大。我们的家也是自己孩子的原生家庭，给孩子做出榜样是很重要的。我们要努力做有智慧的父母，做孩子的榜样，因为榜样的力量是无穷的。

榜样的带动作用

父母一直很恩爱,但有时也会吵架,我们做子女的都笑笑不当回事,因为他们很快就会和好。母亲爱操心,父亲就省心了,啥事也不管,经常笑呵呵的没个脾气。他平时说话很慢很柔,但在大事上很严肃,有一家之主的威严。

姑姑老了,膝下无子女,便过继了姑父的侄子,可姑父过世后,他的侄子却不赡养姑姑了,找管理部门调解也不管用。姑姑家的树、房、宅基地都给了过继的侄子,到最后姑姑却老无所依了。

父亲心里有事,闷闷不乐,一声不吭地吸烟。两个嫂子知道原因后,主动提出来把姑姑接到家里来照顾。父亲看到两个儿媳妇这么明事理,很是感动,说:"你们可要想好了,你姑姑现在可是什么也没有了,以后生病什么的还要花钱,我们也老了,以后你们的负担就更重了。"两个嫂子笑着说:"放心吧,有我们吃的穿的,就绝不让姑姑她老人家挨饿受冻。"父亲高兴地笑了。

就这样,我们高高兴兴地把姑姑接到了家里,并且和姑父的侄子说:"我们什么东西也不会要,等老人寿终让她回到自己的家发丧就行了。人在做天在看，你自己想想吧，别忘了你也会老的。"在我父母、兄嫂的照顾下，姑姑又有了笑容，还显得年轻了几岁。每到换季时，新衣、新鞋姑姑一样不少。嫂子们还给她洗脚、擦身、梳头，几年如一日地精心照顾她。两个孙媳妇也跑前跑后帮着照顾，比着孝顺。姑姑的晚年很幸福，91岁寿终正寝。榜样的带动作用，让好家风代代相传，我们的大家庭一直很和睦。

  我记忆深刻的还有一件事。有一天，妹妹回娘家，我也在，母亲看出妹妹不高兴，就问怎么了。妹妹委屈地流着泪说，她刚结婚婆婆就给他们夫妻俩分债。母亲听完微笑着说："老人们都很不容易，靠力气挣钱，给儿子盖新房需要很多年的积蓄，欠债也很正常，都是老百姓，都不富裕，他们老了，也没能力还债了，你们还年轻，慢慢还吧。别让老人忧愁，回家好好跟婆婆说，债由你们还，让他们安心。"经过母亲的劝导，妹妹很快就想通了，脸上也有了笑容，说："妈，我知道该怎么做了，放心吧。"二十多年来，妹妹和她婆婆的关系一直很好。直到现在想起这件事我还是很感动，我真为母亲自豪。所以说，父母的言行对孩子真的很重要，原生家庭影响孩子的一生。

  因为有父母的言传身教，我们个个都很好，成家后都很幸福。有这样的父母，我真是幸运！

快乐的童年

我从小性格开朗、活泼热情，是家人和邻居们的开心果。我经常和比我大的玩伴一起捉蜻蜓，调皮得像个小男孩。春天时，地里还没种棉花，土地松软湿润，我们一帮孩子天天去地里翻跟头、打盘练。我们还经常追蝴蝶，捉小虫子喂鸡，爬墙上树，每天开心得不得了，欢歌笑语，这真是无忧无虑的神仙生活啊！

我们家喂了几只绵羊，放学后我会去放放羊、拔拔草。我小时候也很能干，可能是受家人影响吧。中午放学后天很热，但我不怕，拿根草绳就去棉花地、玉米地里拔草。我每次都要拔一大捆草，虽然热得汗流浃背，脖子上都是痱子，肩膀上被草绳勒得红红的，却很开心地背着草唱着歌回家。除了准备羊平时吃的草，还得储存冬天里羊的口粮，每个夏天我都会晒一大垛干草。

绵羊的羊毛卖的钱也是家里的一份收入，每次都是父亲亲手来剪。我们家的羊特别有灵性，剪羊毛时很配合，躺在那里一动不动，闭着眼睛，一副很享受的样子。每次剪羊毛父亲都会跟绵羊说话："乖乖地躺着别乱动，不然剪破皮会很疼的，闭着眼睛睡一会儿，醒了就剪完了。大热的天，剪完了还凉快。"

每次我拔草回来，绵羊看到我就会咩咩地叫，叫得特别好听，还会走到我跟前，用头蹭蹭我的衣服，看看我，然后再低头吃草，好像在感谢我。现在想想那场景还很感动。看来，只要你用心去付出真爱，就会收获喜悦。

那个年代，孩子们都不上幼儿园，也没有幼儿园可上；到8岁直接上一年级，就发两本书，语文和数学；8岁之前都是在玩。爱玩是孩子的天性，调皮是孩子聪明的表现。那个年代的孩子们都没有什么玩具，就玩一些游戏，像跳绳、立墙根、翻跟头、打盘练、跳房子（在地上画几个方块），再有就是母亲将几块小方布缝在一起，里面装点玉米粒，我们叫绳头，当毽子踢。这些游戏都很简单，也不用花钱，我们玩得也很开心。校园里充满了欢声笑语，嘹亮的歌声、琅琅的读书声，声声入耳，我们都在快乐地学习。

我小学时的班主任年轻漂亮又爱笑，扎着两个小辫子、大眼睛、双眼皮，性格很好，教课严肃认真，同学们都挺喜欢她。

我的学习成绩一般，平时爱打抱不平。只要有男生欺负女生，我都会出面保护她们，常因此挨老师的批评。当时我心里挺不服气的，觉得欺负人的人你不去管，反而批评帮助人的我。

因为仗义，同学们都站在我这一边，在班里我很有号召力。考试的时候，同学们，特别是我帮过的同学，会送我一份纸笔。我的身边围绕着一帮团结友善的同学，正义的力量真是不可思议。同学们互帮互助，互敬互爱，从家里带来好吃的、好玩的都会彼此分享，像是一个大家庭里的兄弟姐妹。

因为喜欢唱歌，我被选为文艺委员。放学时大家排着队唱着歌回家，我领唱，很是自豪。我也喜欢上体育课，因为我好动，短跑、跳高都是我的强项。小学三年级时我还被选拔去镇里参加了百米赛跑呢！我跑进了决赛，可惜没进入前三名。但来观赛的老师和同学们都很开心，他们都向我祝贺，说已经很不错了，全乡镇二十几个学校都是选的跑得最快的学生，拿到第五名已经很好了。

现在的冬天好像没以前冷了。记得我小时候，冬天特别冷，学校墙外有一个很大的湾，冰冻得厚厚的，我和同学们常坐到小板凳上滑冰。

那时每年冬天都会下好几场雪，厚厚的白雪铺满大地，可漂亮了。我们的小脸和小手都冻得红红的，同学们打雪仗、堆雪人，玩得开心极了！

教室里就一个煤炉子，晚上会灭掉，怕多烧煤。所以每天早上，大家要轮流值日生炉子，烟大得人在屋里都待不住。教室的门窗到处漏风，即便生着火，我们也感觉不到炉火的温暖。但即使这样，同学们听课也都非常认真，教室里很安静，大家享受着学习的快乐！

第二章

忆童年学习时光

父母只有自己不断成长，才能有足够的能力影响孩子。

教育是根，根不能丢

我很羡慕现在的孩子，玩具都是一箱一箱的。现在的生活水平不知比过去好了多少倍，吃的、玩的、穿的都很好，物质上很丰富。可是，现在的父母和孩子们的幸福指数和以前比，又是怎样的呢？

有一些父母是焦虑的、纠结的、痛苦的，为孩子闹心、忧心。物质生活水平提高了，精神生活水平没跟上，遇到了人生的红灯，此时最需要冷静，需要思考，需要学习提升！所以"家庭教育"是这个时代最需要的。教育是根，根不能丢。

我们看到有一部分人认识到了这个问题，愿意学习提升，每次慧宇开"经营能量"课，都有一两千来自全国各地的优秀人士来学习。有很多次课堂后面都有站着学习的，还有抱着几个月大的孩子来学习的，他们渴望学习、渴望成长的精神令人感动。当然还有很多人没有学习的意识。教育就是一棵树去摇动另一棵树，一朵云去推动另一朵云，一颗觉醒的心去唤醒另一颗沉睡的心。

父母给孩子饭吃只能让他长大，给孩子思想会让他成人。自己教育孩子感觉力不从心时，就应该给他找权威的老师，这才是智慧的父母。王琨老师说:"家族的兴旺是从父母的觉醒开始的。"

"孟母三迁"的故事,足以说明环境对一个人的重要性。也许你听到了某人的一句话、一堂课、一个故事,你的整个人生就不一样了。

我们人生最大的财富就是孩子,事业上再大的成功,也弥补不了教子失败的遗憾。

有的父母不一般,他们把孩子培养成了有益社会的人,这是他们人生最大的成功和骄傲!我们夫妻对此深有体会,孩子成才了是我们最大的成功!

为了念书，去糊纸盒

我上小学时，每学期交学费我都是班里最后一个交，总是哭得厉害了，父亲才把钱给我。我说："如果让我念书就要早早准备好钱，如果不让我念我就不念了，干吗每次都让我哭，每次我都是最后一个交学费。"父亲为难地说："不当家不知柴米贵，不养儿不知父母恩呐，你还小，怎能体会到父母的难处？"

二姐和邻居家的姐姐经人介绍，从市里领了纸盒回来加工。那年我12岁，我说我也要加入，我也要糊纸盒（清温解毒丸的药盒）。糊一斤纸盒是1角8分钱，600多个一斤，一人只能领一份，一份是15斤，完成了可得2元7角钱。

我白天要上学，只能晚上加班干，利用星期天去交货。二十里的路，凌晨三四点就得出发，因为去领的人多，去晚了就领不到了。冬天的时候，很是受罪，因为要赶上比我大的姐姐们，所以得拼命蹬自行车。我矮，脚够不着脚镫子，再赶上大风天，很累，大冬天衣服竟都被汗水浸透了，连布棉鞋里都是湿漉漉的。冬天三四点钟正是人们睡得香甜的时候，天特别黑，我有时跟不上大家，急得想哭，眼泪在眼眶里打转。但我又不想让大家等我，不想拖大家的后腿，如果因为我导致大家都领不到纸盒，我会很难过的。

我们到市里时天还没亮，这时我才感觉后背冰凉冰凉的，手冻得很痒，脚冷得又麻又木又痛，那种感觉无法形容。老板9点才上班，我们就排队等他们上班，先去交糊好的纸盒，待检验合格后再去仓库领新的纸盒，每份都用几个尼龙袋装着，立在那儿比我高一头。

我们在排队领纸盒时太冷，就捅开了路边小贩做生意的大炉子，烤火、烤鞋。等店主来了，看到炉子给捅开了很不高兴，我们只能不好意思地笑着给人家道歉说："阿姨，对不起，半夜太冷了。"一个月4个星期，完成4份能赚10多元。上午10点多领了纸盒，我们总是饿着肚子回家，舍不得花一角钱买一个烧饼吃。虽然糊纸盒很辛苦、很受罪，有时赶活要糊到半夜，但可以挣到学费还是挺开心的，感觉一切都值得！

我喜欢努力后的结果

我上学时，学校会放麦假，好让学生帮家里收麦子。父亲让我和姐姐去帮忙割麦子、捡地里的麦穗。我说："不去。"父亲说："割麦忙，姐姐去你也要去。"我说："我不想去，也不愿意一辈子种地。"父亲说："庄稼人不种地还能干什么？"我说："我不愿意过您现在的日子，受苦受累一辈子，交个学费都很难。"

父亲说："庄稼人就靠种地养家，你们六兄妹还不是靠我种地养这么大的吗？不种地吃什么？小麦收成好，一年的口粮就有了，吃不了还能卖点钱，养猪、羊的收入平时花销。咱也没有大的收入，日子过得是紧巴了点，可你看看大家不都是这样过来的吗？"我说："有很多人不种地不也生活得很好吗？吃的、穿的都比我们好。"

我跟父亲说："我不去捡麦穗，我要去卖冰棍。"那年我13岁。那年夏天天气很热，我觉得冰棍一定好卖。父亲不支持，也不给我钱，我只能自己想办法。我去找姑姑借钱，姑姑问我买什么，我神秘地说："秘密，我会还你的。"看我不说姑姑也不问了，给了我两元钱。我又在姑姑家翻箱倒柜，找到一个装满衣服的木头箱子，便把衣服倒在地上。姑姑笑着骂我，我也不理会。我心里明白姑姑很疼我，还想让我过继到她家，只是我不同意。

我把箱子洗干净后，拿着钱去供销社买了几米塑料布，又向姑姑要了旧蚊帐并洗干净，又要了棉花。姑姑被我搞得迷迷糊糊的，只要我需要的东西家里有，就给我找出来。最后，我自己又缝了一条小棉被，齐了，可以了。我把箱子绑在自行车的后座上，拿着剩下的钱去镇上批发冰棍了，镇上离我们村5里地。

当时一根冰棍卖1.2分，我批了100根，共花了1.2元。刚开始，我不好意思叫卖，感觉张不开口，后来一个老大爷说："孩子，人多的地方要大声喊，不然你卖给谁呀？"老大爷问我是不是第一次卖冰棍，我笑笑说是。老大爷鼓励我说："没事，慢慢就好了！"

我鼓足勇气开始大声叫卖："冰棍，冰棍！"我穿过大街小巷、场院、麦地、集市，不到两个小时就卖完了冰棍。我又抓紧时间返回冰棍厂，又批了100根，我一根卖4分钱，两根卖7分钱，三根卖1角钱，薄利多销，一天能卖三四百根，一天下来能赚八九块呢。这差不多是我糊纸盒一个月挣的钱，当时老师每月的工资才27块钱。

我脑袋里有了做小生意的想法，就更不甘心去种地，去过和父亲一样的生活了。

说实在的，在七八十年代做什么生意都赚钱，卖个冰棍一个暑假下来都能赚四五百元，那时候钱很实的，一斤肉才7角8分钱，烧饼1角钱。

后来卖冰棍的人多了，取冰棍的箱子排得很长。我开始一次批200根，因为有经验也有钱了，就多批点，还节省时间。取冰棍的队伍走得很慢，我一看不行啊！赶紧去看是什么原因。我到屋里一看，案子上都是冰棍，可是人手少包不出来，我便自告奋勇，义务帮忙包冰棍。冰棍场的领导和工人都挺高兴的，正愁包不出来呢，就有人来帮忙了还不要工钱。我趁机和冰棍厂领导说："我帮忙包冰棍可以优先取冰棍吗？"领导说："当然可以了，把你的箱子拿进来吧！"我愉快地包起了冰棍。人多力量大，堆得跟小山似的冰棍慢慢地都被穿上了外衣，整整齐齐摆放着，可漂亮了。

过了一会儿，冰棍厂的领导说："你批多少，开始装吧！你可帮了大忙了，大家都忙着收麦子，人不好找。"我说："没关系，明天我还过来帮忙，下午不卖冰棍了，我帮忙包一小时再回家，这样你们能多存点，明早能多发些。"他们都挺高兴能有我这个义务工。

就这样，每天中午我都直接把箱子拿到屋里并帮着包冰棍，有时包得够我要的了，冰棍厂领导就说："够你的了，装箱吧，天热好卖！"我也不推辞。外面的人质问冰棍厂领导，为什么每次我不排队，还先装箱。冰棍厂领导说："你们都看到了，冰棍是有，就是包不出来。你们宁可排队等着也不愿帮忙，只能等包好了再发货给你们，人家不排队是因为人家付出了劳动，义务帮忙，让人家先装也合情理啊！你们帮忙包，你们也先装箱，可以吗？"

他们不说话了，老老实实地排队等着。那是我第一次做义工，感觉很开心。我和冰棍厂的领导、工人混得很熟，他们都很喜欢我。现在我还喜欢做义工，感觉自己有价值，特别有意义，还能学到很多东西，付出也是一种幸福。

后来我换了个大箱子，路也跑得远了，跑到二三十里外的村庄、集市去卖冰棍，一个暑假下来能赚四五百元。有付出就有收获，我和父亲说："以后交学费我再也不会哭了，我要第一个交，开开心心地交。"看到喜欢的衣服、皮鞋、手表等，我也买得起了，挺有成就感的。我和姐姐穿的衣服、鞋大小一样，所以我们不分你的我的。我还给嫂子、小侄买了小礼物。她们都下地干活，我不去，所以我赚了钱大家都有份儿。当时买手表还需要表票，不是有钱就能买到的，我请二哥托人给我买了一块手表。我穿上新衣服，戴上新手表，穿上新皮鞋去上学，同学们都挺羡慕的，老师也说小小的孩子，比大人穿得都好。

我小时候就有想法、有定力、有耐力、有目标，没人催我，都是我自动自发、心甘情愿去做的，愿意忍受别人不愿意忍受的，因为我喜欢努力后的结果。

老师的激将法

我上学时成绩一般，上课老打瞌睡，老师讲题时我都能睡着，因为作业不会做，挨了老师不少的批评。我打瞌睡时，老师就用粉笔头砸我，砸得可准了。我还经常在教室外面罚站，听不了课，作业就更不会了。我成了老师教育学生的反面典型，老师时不时就拿我说事，我也不反驳。

其实我每天中午放学后都要去地里给羊拔草，回家急急忙忙吃点饭就去上学，有时回家晚了，顾不上吃饭就直接往学校跑，从来没有午休过。又累、又饿、又热，晚上还熬夜糊纸盒，上课自然会困。因为学习成绩不好，被老师批评成了我的家常便饭，我也习惯了，脸皮也比较厚了。

小学还有半学期就要结束了，我们马上要考初中，我自知上初中没戏。老师在班上点我名，说全班同学都能考上初中，唯独我考不上，如果我能考上初中，老师当着大家的面头朝下走三圈。

每个人都是有自尊心的，虽然老师经常批评我，但这一次老师这样说，我很气愤，当时脸上就挂不住了，脸憋得通红。我被激怒了，随即说："好，同学们作个见证，看咱们的老师怎样用头走路！"

从那以后，我拼命学习，认真听课，有不会的题就主动请教学习好的同学。如果困了我就往眼皮上抹清凉油，虽然辣辣的凉凉的让我很难受，但是脑子一下子就清醒了。真是用心的一天胜过不用心的一年，潜力被挖掘出来，真是不得了！其实每个孩子都很聪明，就看用心了没有，心中有方向，脑中有目标，就会自动自发学习，就这么简单！

几个月的时间我进步很大，再加上考试的时候超常发挥，我竟以优异的成绩考上了初中。我记得非常清楚，通知书下来的当天晚上，我约了几个要好的同学一起去了老师家，老师是本村的，她见我来就笑了，她早就知道我考上初中了。

我对老师说："老师在班上点我名，不给我留面子，可我得给老师留面子，您不用在班上履行您的诺言，在我们几个面前履行就可以了，请老师用头走路让我们开开眼界吧！"

老师笑着说："不这样激你，你能考上初中吗？老师知道你自尊心极强，用这样的话刺激你，你才会发奋努力啊。"

我非常感激老师的良苦用心。不过用这样的方法还是很少见的，其实鼓励、激励孩子的方法很多。

我曾看到一则故事，很受启发。一个孩子不喜欢物理课，也不愿意上物理课，在一次考试中只考了 20 分。老师私底下找到他，对他讲述了自己的故事："老师上学时和你一样不喜欢物理，现在竟然成了优秀的物理老师，老师相信你会喜欢上物理的，你很聪明，稍稍努力一点儿，认真一点儿，下次考试一定能考 30 分。"

这个学生被老师的话深深感动了，老师不仅没有批评他，还相信并鼓励他，眼里充满爱。爱是世界上最伟大的力量，感动是世界上最强大的武器。遇到这么好的老师是幸运的。

亲爱的家长朋友们，您想让孩子变成什么样，您就把他赞美成什么样吧。父母接纳、认可孩子很重要，这就是赏识教育。你经常说的话就是你的人生！说话能给人信心，给人欢喜，给人方便，给人希望。父母只有自己不断成长，才能有足够的力量影响孩子。父母做好榜样，做好自己，孩子才会做好自己！教育是唤醒，不是说教。

学习裁剪，大胆授课

我15岁那年，二哥和母亲一起把我送到了内蒙古临河的姨姨家。当时，姨姨、姨夫说，有单位能给一个转成当地户口的名额，18岁后再安排工作，让我去试试。姐姐们都结婚了，妹妹还小，我年龄合适，父母就决定让我去。母亲和哥哥在姨姨家住了一段时间就回山东老家了，留下我一个人在姨姨家，从没离开过家的我特别想家。姨姨让表姐陪我去公园、商场、景点走了走，转了转。日常生活中，我发现姨姨的手很巧，她看着裁剪书就能裁衣服，他们家人的衣服都出自姨姨之手。姨姨是六十年代的大学生，很有才，理发技术也很好。

我心想，光玩不行，得干点什么，就问姨姨城里有没有裁剪培训班，我想学。姨姨说好啊，于是就给我和表姐一起报了名。我从小学东西就快，十几天下来就能剪样式简单的衣服了。在姨姨家住了不到一年，我实在想家，坚持要回山东，姨姨没办法就答应了。

二哥把我接回家后，我就开始给家里人裁衣服，并试着用缝纫机把衣服做好。我没学全，就先从自己的裤子做起。我先找了条旧裤子，一边拆一边学一边做，多半天才把裤子做成，穿上很合身。我让母亲看我的劳动成果，母亲高兴地说："我的孩子真聪明，一看就会，只可惜裤兜缝反了，朝后了。"我和母亲都笑了。之后我又学做中山服，第一件兜挖大了，兜盖盖不住，母亲鼓励我说："孩子，没事，已经很好了，很合适，多做几件就好了。"在母亲的鼓励下，我也帮邻居义务裁剪布料和缝制成品，一下子成了大忙人。

这时我有了个想法：我也可以招生，也可以办裁剪培训班。主意拿定，我就让哥哥帮我写招生广告，哥哥说："你这么小，谁跟你学呀？不给你写。"我说："小怎么了，有志不在年高，无志空活百岁，你不给我写，我自己写。"于是，我买了几张红纸，剪成十六开，用细毛笔开始写招生广告。看着高高的一大沓招生广告，我就像是看到一大沓人民币，高兴得笑出声来。

开始行动吧！我骑着自行车到周围几个村张贴广告，人们很好奇，好多人围观，我趁机开始读广告内容——"家里有小女孩愿意学裁剪的可以随时报名。"几天时间我就把招生广告全贴出去了。几天后，来我家报名的人还真不少，都是年轻漂亮的女孩子。我母亲搞接待，我坐一旁观看，开始大家都以为是我母亲教，都挺高兴。当我母亲说是她闺女教，大家顺着我母亲的手指一看是我，都愣在那里一时说不出话来。

大家看我年龄小，个子比她们还矮，都不相信我能教好，并用失望的眼神看着我。我笑了笑说："教得好不好和年龄没关系，我教，大家一定都能学会，我负责任地告诉大家，我教的都是最新、最流行的裁剪技术。我母亲也会剪我们兄妹的衣服，从小到大我们的衣服都是她剪的、做的，新式的我母亲不会，而我更专业，请大家相信我，让结果说话，好吗？如果这一期学不会，下期免费再学。"大家还是你看看我，我看看你，不大相信。

我看着她们一个个都走了，也没挽留，她们不相信，我挽留也没用。我很单纯，容易相信别人，人家敢教，我就敢学，行不行不听怎么知道，谁规定的年龄小的就不行？

最后，有3个人选择相信我，留下来学习，这3个人都是我最要好的同学，她们是了解我的，每人交了30元钱。我说："不收钱不会珍惜，我一定用心教你们，相信我。"

裁剪班正式开课了，我在墙上挂了一块黑板，开始上图型服装课，按她们3个的体型尺寸教课，从西裤、上衣开始，5天时间就教会了她们我所会的服装款式。我让她们拿布来实践，她们都裁得很好，我算是把她们3个都教出来了。

后来有人给我建议，让我去集市接活，当裁缝也很挣钱。那个时代，大家都是买布找裁缝做衣服，裁缝很吃香。集上就两个裁缝，活多得都做不完，有很多衣服都排到半月二十天以后才能拿。十几个村的人都来这里赶集，肯定不缺活儿。可我想，我只是喜欢，这不是我一辈子要做的事。我从小就很有主见，也有想法，想做什么就做什么，而且都能做得很好。

平时我还在坚持糊纸盒，夏天卖冰棍，同时又找了一份工作，在市里中型厂拣棉花——收上来的棉花，让员工过一遍手，把不好的拣出来。我和几个好友搭伴上下班，路上说说笑笑，按部就班地工作，干得也有劲！

第三章

相惜如初

付出爱，承担责任，感觉很幸福，虽然生活艰辛清苦，但无怨无悔。

遇到我生命中的他

有一天，母亲说："你嫂子的哥哥开了一家饭店，急需机灵能干的服务员，说你很合适，专门上门来请，明天你别去中型厂了，去饭店吧！"

我说："我不同意，不和我商量你就答应了，我不去。"母亲好说歹说，我也感觉很为难。母亲已答应了，我真不去母亲也下不来台，嫂子那儿也不好说，我只好硬着头皮说："那就试试吧，不行的话我就辞职。但我明天不能去，中型厂那儿要跟人家领导说一声，临时工也不能说来就来，说走就走吧！"等打理好一切，我就去饭店上班了，每月30元，没中型厂挣钱多。

我适应环境很快，既然来了就要干好。不知不觉几个月过去了，忙时脚不沾地跑前跑后，累得够呛。闲时也挺无聊的，感觉对不起老板的工钱，老盼着进店吃饭的人多点儿，老板开心，我拿工资也安心。

有一天晚上，老板和厨师都回家了，就剩下我们三个女孩，来了几个客人。我跟客人说请点菜吧，另外两个女孩看着我发呆（意思是厨师不在），我明白她们的意思。客人点完菜，我和另外一个女孩子进厨房，她说："行吗？"我说："没问题。"平时经常看厨师炒菜，我还经常帮忙配菜。半小时后，几道菜上桌了。我们三个忐忑不安，担心客人不满意。没想到客人吃得很开心，吃完就结账走了，一切顺利。我们三个这才长舒一口气，开心地笑了。第二天，老板知道这事后挺开心的，一直夸奖我们："小丫头们挺能干的，厨师不在也能营业赚钱，还真不能小瞧你们，还真行！"

是啊，如果一个员工时时处处都想着怎样做才能对得起每月的工资，怎样做才能创造最大的价值，那么这个公司不发展、不强大都难！王琨老师出版的光盘版《做企业最受欢迎的人》很好，建议没看过的读者买来多看几遍。如果你是老板，可以多买几份发给你的员工，你的企业一定会大变样的。

我来饭店工作时也没想干多久，直到有一天遇到一个人，改变了我当初的想法。

有一天，我的手表慢了几分钟，饭店对面就有一家家电维修门市，我便去那里调手表。我进门后看到一个师傅低头在忙，就说："麻烦师傅给看看，手表慢了。"他抬起头，微笑着看着我说："好。"他打开手表，专注地检查着，我看他严肃认真的样子，有一种似曾相识的感觉。10分钟左右，手表就调试好了，他递给我，说："以后会很准的。"他的声音带有磁性，当时我心里有一种说不清的感觉，不过后来也没再关注他。

后来听老板说对面的楼要拆，很多门市要搬走了。我想，他会搬到哪里去呢？几天后，我突然发现他成了我们饭店的西邻。原来这个有心人知道楼房要拆，早就找好了地方——门市就怕搬家，那样的话一些老客户就丢了，还要重新积累新客户。

成了邻居，我们经常见面，关注自然也就多了。我发现他喜欢交朋友，经常在饭店招待朋友，感觉他人缘很好，重友情讲义气。夏天的晚上，人们都休息得很晚，我们忙完，会看到他门市门口放着一张桌子，几个人在喝茶聊天，有时他会拉京胡。我发现他多才多艺，又爱笑，说话不紧不慢的。

坐下来聆听京胡也是一种放松与享受，虽然我听不懂，但看到他面前放着一本厚厚的自己写的谱，专注用心地拉，还真像那么回事，像电视里的琴师。他拉完一曲，我问他："我喜欢唱歌，你会拉歌曲吗？"他说会，问我唱什么，我说《边疆的泉水》吧，他就用另一个琴拉，他还真会拉，我俩配合得非常好。

他让我先唱几句，他据此调音，音调要尽量保持一致。周围乘凉的人听着，时不时还会鼓个掌。

在以后的日子里，晚上下班早或是不太忙时，我们都会合作几曲，倒是多了几分乐趣，我也没有了辞职的念头。后来，我们聊的话题也多了，经过半年的接触和了解，感觉告诉我，他就是我一生中的那个他。他人品好、孝顺、顾家，父亲去世了，他供弟弟上学，妹妹和母亲在老家种地。他人缘好，喜欢吃亏，还多才多艺。现如今这样的人真是不多了，这样的人值得我爱。

八十年代还不太兴谈恋爱，都是媒妁之言，父母看着好就订婚，见面也是个形式，自由恋爱会被笑话。我从小就有主见，自己认定的事就去做，但我毕竟是个女孩，知道对方没有对象，也不好意思说出口，就借口说要给他介绍一个对象，他说："好，谢谢！"我说是我同学，性格开朗、善良、勤快，家教也很好，说完就咯咯笑着跑开了。

一段时间过去了，当我再跟他提起这件事，他说以为我是逗他玩的。我说不是，是认真的。他说："那人家能同意吗？我有残疾。"他说话时很自卑。我说："她愿意，不嫌弃你，她喜欢的是你这个人，没把你的残疾当回事。"他说："人家又没见过我，怎么就愿意呢？"我说："怎么没见过，天天都能见到啊！"

他愣了，说："谁呀？"

我说："和我长得一样，看到我就等于看到她了，她是我的影子。"

他眼圈湿润了，说："我何德何能啊，你能看得起我，这样厚爱于我，真不敢相信这是真的。你这么好的姑娘我怎么配得上啊？！"

我说："你不用自卑，残疾不是你的错。我们认识这么久了，你人品好、善良、孝顺、有情有义，有缘跟你这么好的人相识，我感到很荣幸，选择你也是我的福气。我更看重的是你美好的品德，和你在一起我不会后悔的。在你身上我看到了我的哥哥姐姐对我的疼爱和照顾，这种爱很温暖。你对弟弟妹妹和家用心呵护，你的品性吸引了我。"

现在回想起来，我十七八岁的年龄，竟有如此高的择偶标准，实在是不简单，我挺佩服自己的。

我们那个时候订婚都比较早，十六七岁就订婚，甚至结婚了。我父母的品性好，给我说媒的也多。回家时，母亲和我商量，谁谁谁很好，家长品性好，孩子长得好，你要也觉得好咱就订下来，省得人家说我们难说话、门槛高什么的。我总以年龄小为借口来推脱。

后来母亲问得我实在不知道说什么了，我只能说实话，告诉了母亲他的事，并在母亲面前把他夸了一番。母亲知道我从小有主见、有眼光，干什么都有模有样，看人也不会走眼，就说让我先带她看看，见见此人真容，我爽快地答应了。

那一天，我把母亲带到他面前，他正在忙，我打了个招呼介绍母亲，他客气地笑笑，站起来给母亲倒水。母亲看到他走路时的样子脸色大变，他端到面前的水也没接，直接说："我闺女跟你交往这段时间花了你多少钱？算一下，我还给你！"他尴尬地站在那里，说："婶儿，她没花我一分钱！"母亲说："好，既然这样，你们今后就不要来往了。"

说完，母亲拉着我就走，我回头看到他呆呆地站在那里，好像知道会是这个结局。

母亲拉着我到饭店辞了职，把我带回了家。在家里，嫂子、姑姑都来做我的工作，我知道家人是为我好，但是我听不进去。只要是我认定的事情，都很难再改变！

我的选择我负责

我俩最后走到一起,中间经历了很多磨难和阻力。我和他偷偷领结婚证后,父母不再阻拦,知道阻拦也没用,跟我说不会给我一分钱嫁妆,也不会送我出门。我哭着说:"好,我就穿身上的衣服走,什么也不要。"我也没跟婆家要一分钱彩礼,我知道他们家穷,是他这个老大撑起了那个家。我结婚那天,是4个同事送我出的嫁。

结婚对一个女人来说是最美好最难忘的日子,可对我来说却很凄凉,感觉大脑被掏空了一般,心情坏到了极点,整整哭了一夜。我的身边没有一个亲人,我就这样离开了生我养我的家,没有祝福,没有嫁妆,没有亲人难舍的眼神,来到一个陌生又贫穷的家里,四间土坯房,没有院墙,和婆婆、妹妹一起住,弟弟在外上学,心里感觉很凄凉。

我结婚时公公已去世5年了,听先生讲他父亲是个退伍军人,抗美援朝的志愿军,快到鸭绿江时,接到上级的命令又返回了部队,复员后在村里当了村支书。国家发放的救济粮,他背着送到每一位村民的家里,是一位深受村民尊敬和爱戴的支书。先生家也是个大家族，公公在家族里威望很高，谁家有生气吵架的事他去了往那里一坐，不用说话双方就都安静了。

　　公公也是个头脑灵活的人，在村里当村支书的同时，在外面做着小生意，还买了一辆崭新的"永久"自行车。公公对婆婆很好，经常给婆婆买新衣服。公公唯一的毛病是爱喝酒，命也是搭在了酒上。公公走后，这个家就塌了天，怎么办？我先生想学一门手艺支撑这个家。他有一个好朋友很支持他，替他交了学费，让他学了家电维修这门手艺。先生人聪明，学成回来就开了店，没几年就遇上了我，缘分！

　　我们结婚后，我和先生同甘苦共患难，共同支撑着这个家。在娘家我是小妹，有哥姐的宠爱；在夫家我是长嫂，长兄如父，长嫂如母，原先是丈夫一个人承担这个家，现在多了一份力量。结婚40多天后，我就和丈夫去了市里。我们办结婚酒席的300多元钱都是借的，婆婆给我们做的两床被子一床褥子，就是我们的全部家当。债一点点还，家里用的东西一点点置办，省吃俭用也不够生存的，我又干起了糊纸盒的老本行。后来我回娘家把以前的衣服都拿回来了，有穿的就不用买衣服了，结婚两年多我没买过一件新衣服。

　　家里用钱的地方多，弟弟考上了大学，又多了一笔开支，家里能省的尽量省，我学会了勤俭持家。那时农村种地要交公粮，每年村里的小队长都会来城里找我们收钱，还会吃顿饭才走。有时姨婆婆会来找我们帮忙买肥料，由她送回家。弟弟要定期交学费，也需要有生活费，需要提前准备。之前花钱大手大脚的我，开始精打细算了。

　　我学会了持家，学会了付出爱和承担责任，虽然生活艰辛清苦，但我无怨无悔，感觉很幸福。

拉土垫院子

我们结婚后和婆婆住在一起,四间小土坯房,没院墙,房间又小又浅,一进门就是一张大桌子。房子还是公公在世时摔坯子烧砖在村东头盖起来的,属于庄外,后来四周慢慢都盖了房。邻居的房子地基和院子都垫得很高,我们家院子的地面和胡同的路面一样高。夏天下大雨时,胡同里的雨水会往我们家里流,导致屋里都是水。婆婆很害怕,我好多次看到快下雨了都提前在院子外面打坝子。

记得有一次,雨来得太突然,我没来得及打坝子。雨很急也很大,就像是用盆子在往下泼水,胡同瞬间就成了河。雨水很快流进了我们家院子,流进了屋里。雨下了整整一天一夜,我冒着大雨去打坝子,刚打好就被雨水冲开了,累得我筋疲力尽。汗水和雨水早将我的衣服浸透,我又冷又累,终于打好坝子,胡同里的水不再往院子里流了。我又在院子里挖了一个坑,用盆子从坑里舀水往坝子外面倒,奋战了十几个小时,院子里的水倒得差不多了,我终于松了口气。回到屋里,婆婆说屋里的水也得往外倒,我又一盆一盆倒到深夜。

因为雨季总是提心吊胆的,到秋季我做了个决定——从自家地里拉土回来垫院子，用地拉车（一种人力小车）一车车地拉。一个弱女子就这样在松软的土地上使尽全力，一车又一车地拉土垫院子，一干就是两个多月。终于，我家院子的地面高出了胡同地面，下雨时雨水再也不往院子里淌了。但从此，我落下了腰疼的病根，稍稍累点就腰疼。

院子不进水了，房顶又开始漏雨。看到要下雨，我就往房顶跑，用大块塑料布把整个房顶盖住。我发现自己结婚后一下子长大了，责任心更强了，更有担当了，吃苦耐劳，特别能干。别人说什么我也不往心里去，很乐观。在别人眼里我很傻，但我始终相信，傻人有傻福，没人疼，天疼爱！我不是做给谁看的，一家人本应这样。在农村的几年里，认识我的人和不认识我的人都说王清华的媳妇长得漂亮，又能干，又善良，王清华真有福，娶了这么好的媳妇。

下篇 一切都是最好的安排

结婚后一下子长大了

弟弟考上了大学,军训需要手表,他哥二话没说,把自己的手表摘下来戴在弟弟的手腕上,笑着说:"北极星的,名牌,戴吧!"

军训还没结束,表就被弟弟摔坏了,修不好了。弟弟为难地说:"哥,怎么办?我还需要手表。"我想都没想,就把自己的手表摘下来递给了弟弟,说:"戴上吧!这可是我在娘家时卖冰棍挣的钱买的,也是名牌手表。"弟弟高兴地说:"等我工作了,第一个月的工资就给嫂子买块更好的手表。"我笑着说:"好。"

按照当地的风俗,结婚女方兴要彩礼、"三金"、手表、服装等。有的女方要得特别过分,男方家的人脸色都变了,还得假装笑脸说,"让孩子满意,喜欢的咱就买"。我在商场看到这场景不知为什么心里特别难受,很理解男方的难处,有人高兴有人愁啊!可怜天下父母心,为了儿女再苦再难都得挺住。

有一件事我到现在都记得很清楚。我曾在商场看到一件黑色的裘皮大衣,很喜欢,也很适合我,试穿后觉得挺合适,售货员也一直说好看。那件大衣是240元,在当时算比较贵的高档大衣,我最终没买,歉意地对售货员说:"以后再买吧,谢谢。"其实我带的钱够买这件大衣,但突然决定不买了。

我出嫁前不是这样的,那时看到喜欢的就买,钱不够就努力赚。现在不同了,好多地方要用钱,衣服有穿的就行了,过几天还得给弟弟准备学费和粮票呢!我要在集市上买高价粮票,因弟弟年轻,正长身体,怕他不够吃,所以要多准备点粮票。

一向很喜欢穿的我,结婚后两年多没给自己买过一件新衣服,穿的都是过去在娘家时买的衣服。春节回家,我给母亲和婆婆一人做了一件上衣,一人钩了一顶毛线帽子,非常适合她们,也很好看。妹妹心细,发现我穿的还是原来的旧衣服,问我:"嫂子,过年大家都穿新衣服,你和哥哥怎么不穿新衣服呀?"我笑笑说:"新旧一样,只要干干净净、整整齐齐的不就行了吗。"

大年三十晚上,我带着大家给婆婆磕辞年头,辞旧迎新。他们没磕过辞年头,有些不习惯,我在娘家时,每年过年哥嫂都要带着我们给父母磕辞年头,还要说:"娘,这一年您辛苦了!"然后全家人一起吃团圆饭,守夜。

小时候过年可热闹了,母亲会让我戴上头花,穿上新衣服,走亲戚串朋友,这是我娘家的风俗习惯,我也带到了婆家。大年初一早早起来,先跪拜祖先,再跪拜婆婆,祝福婆婆身体健康,还会说些吉利的话,大家欢欢喜喜过大年。

有人说我太傻了,挣点钱都顾这个家了,不考虑以后自己的日子怎么过,总不能一辈子租房子住吧。我说儿孙自有儿孙福,我没想这么多。眼下,家人就是我们最亲的人,这也是我们夫妻的责任,我们无怨无悔,也不觉得苦和累。有人说我年龄小好糊弄,没心没肺,傻乎乎的。我不在乎别人说什么,我心里明白自己做得对,人家的嘴咱也管不住,是吧?

姨婆婆家的儿子当时买的房才花了4万元，还在市中心的位置。如果只顾小家，我们几年下来还是能买房的，但我俩都没有这样的想法。等到弟弟毕业工作了，妹妹出嫁了，爷爷80多岁患癌症也去世了，负担一下子轻了许多，可这时再想买房也不可能了，房价已经大幅度上涨。我们租了半辈子房，搬了无数次家，在儿子的记忆里，我们一直在搬家。直到我49岁，儿子在海南给我们买了房，房本上是我的名字，我好感动、好喜欢，没想到我竟有了自己的房。

妹妹出嫁时，嫁妆丰厚。有人说："你结婚时多寒酸，什么也没有，就两床被子，你妹妹陪嫁这么多，太不公平了。"我说："妹妹结婚后什么也不缺，她开心幸福我最高兴，我可不想让妹妹和我一样啥也没有。"这个人立即闭上嘴巴不说话了，用不理解的眼光看着我。在农村，因别人一句好似偏向你的话导致家人不和的事时常发生。有些人喜欢说是非，不说是非都不会说话了，口造业比较多，所以佛家让修口！

第四章 爱的延续

要想硕果累累，就要往树根浇水施肥，只有树根养好了，整棵树才会长好。

儿子命真大，命真硬

我怀儿子两三个月的时候，那时是冬天，一天早上5点多，我骑着自行车去给学家电维修的学员做饭（丈夫在办家电维修培训班）。天很黑，马路上隔很远才有一个路灯，灯光很暗，路上人很少。在马路的拐弯处，突然冒出一个骑车的中年男子，他车骑得很快，尽管他急刹车了，还是撞到了我，把我从自行车上撞到了马路的另一边。这个男子走过来扶起我说："没事吧？"我说："怎么这么着急啊，我没事，你走吧，以后注意点。"他点点头，急匆匆地走了。当我把早上被撞的事告诉房东和邻居时，她们说："你就这样让他走了？"我说："是啊！怎么了？"她们说："你可真傻，你怀着孩子呢，万一有事都不知道去哪里找那个人。"我说："我没想过会有事啊，孩子好好的，我没一丁点儿不舒服啊。"

不过经她们这么一说，我还真有点后怕，我在怀孕期间一直在干活，什么重活都干，丈夫晚上下课后我还骑自行车驮他回家。有一次，我驮丈夫回家，他上自行车时使劲拽我的衣服，他没坐上去却把我给拽倒了，我重重地摔在地上，但从地上起来后我仍驮着他回家。我一直到分娩都没间断过干活。

怀胎十月后，我生下了白白胖胖可爱的儿子，看着儿子我感到非常幸福！有人说，女人最漂亮的时候就是做新娘和母亲的时候，我也是这样的感觉。

儿子的到来，为我们增添了无限快乐，再苦再累我们都感觉生活很美好！但同时，我和丈夫肩上的担子也更重了，上有爷爷（80多岁）、婆婆，下有儿子，中间还有弟弟和妹妹。丈夫听到儿子出生的消息非常高兴，骑自行车赶了35里路回到了家，但只在家待了3天就回城里做生意了。

儿子刚出生，我母亲就给外孙准备了大大小小的棉裤、棉袄、夹裤、夹袄、棉坎肩等13件衣服，老人的细心和慈爱让我心里暖暖的。母亲的爱体现在生活的点点滴滴中，母爱是无私的，不求任何回报，就是一心一意对你好，无论你怎样，对你的爱都不会改变，这就是母爱！

儿子小时候很可爱

儿子小时候胖乎乎的，很可爱。他爱笑不爱哭，从小就干干净净的，从不尿裤子，那时没有"纸尿裤"。我们母子之间好像有感应，我用深情的眼神看着她，他也会用眼神和撒娇的声音回应我，我马上能领会儿子想干什么，会亲他一下，夸他真乖。

当时我丈夫占用的是市第二轻工业局的门市，局里职工的家电有需要维修的都来免费维修，所以也不收我们的租金，两借光都合适。

儿子四五个月的时候，我抱着他去店里玩，正好有个外地老板来二轻局门市收家电款，看到我抱着孩子进来，得知我们是王师傅的妻儿后，很高兴地打招呼，伸手说要抱抱我儿子，我说好。谁知他把孩子抱过去就不撒手了，喜爱得不得了，我要了好几次，他都不给，还说："你歇歇，我再抱一会儿，这孩子真可爱，两只眼睛会说话。"他大声说："王师傅，把儿子给我吧，家电款归你们了，你们可以再生。"

我以为他是开玩笑，笑着说："那怎么行啊，赶快把孩子给我吧，孩子该尿尿了。"

他说，他会让孩子生活得很好，受最好的教育，他有钱，什么也不缺，就是想要个儿子。天哪，他不是开玩笑啊。看他说话的口气那么严肃，我和丈夫都笑了，我们怎么会卖儿子呢，玩笑开大了吧。他又说："你们可以再生嘛，农村可以要二胎的。"

我直接把儿子抱过来说："你认为有钱就很了不起？有钱就什么都能做？我儿子是无价之宝，多少钱也不会卖，儿子跟着父亲母亲是最幸福的，他是认定父母才来的。"

他张着嘴巴看着我，一句话也说不出来了。我丈夫说："没事，他是在开玩笑。"我抱着儿子回家了，当时心里很紧张！后来听店里的几个姐姐说："他不是开玩笑的，是真想要你们家儿子，他看到你们家儿子就特别喜欢。"

我在家边看儿子边糊纸盒，儿子躺在床上不哭不闹，过一会儿我们母子会相互看看，笑笑。儿子挺配合的，我感觉他躺的时间不短了，就抱一抱他，儿子真乖，不哭不闹！我夸他时就亲亲他的小脸蛋，他笑得格格的。

儿子很少哭。有一次儿子哭，我感觉好好听啊，便用录音机录了下来。等丈夫回家，我立刻打开录音机，里面传出儿子的哭声，丈夫在院子里大声说："孩子哭这么大声，你在哪里？在干什么？让儿子这么哭？"推门进屋发现儿子好好的，笑得甜甜的看着他，丈夫笑了，问是怎么回事。我打开录音机，他笑了，我说："故意让你听的，看你的反应。"

在我们老家，孩子过周岁兴抢一个月过，儿子的周岁如果抢一个月正好是小年，只好抢两个月。儿子十个月时就会走了，我还给他拍了照片，照片上的儿子白白胖胖的，红彤彤的脸蛋，大大的眼睛，非常好看。我在照片背面写了几个字："迈开脚步，走向未来"。

生命的喜悦

我儿子学走路的时候，咕嘟着小嘴看着前方，有点害怕。我张开双臂笑着跟儿子说："没事，大胆往前走，有母亲保护着你，你很勇敢的，走一步站住，再迈另一步，稳稳地，到母亲这里来。"儿子就按我说的做，稳稳当当地就走过来了。我抱起儿子，亲亲他的小脸蛋说："真乖！"我跟儿子经常重复的几句话就是："儿子从小不哭不闹，又懂事，又可爱，真乖。"

吃亏是福

儿子出生 40 天后，我带他回到了城里。丈夫告诉我，他回家的那 3 天，他内蒙古的徒弟把店里的零件和值钱的东西席卷一空，一共四五千元的电器零部件，他怕我月子里生气没敢和我说。当时我也生气，可一想生气也无济于事，算了吧。我和丈夫异口同声地说："就算上辈子欠他的，这次还他了。"

其实我挺佩服我丈夫的，他这个徒弟当初来参加培训就没交学费，说晚几天交，等家里把钱汇过来一定交。丈夫善良，看他大老远来这里学习，晚几天交就晚几天交呗。谁知两个月的课程结束了，他家里也没汇钱来，看来学费是泡汤了。马上要过春节了，他没钱回不了家，又向我丈夫借了 60 元钱路费。丈夫说："过年了，总得让他回家吧！"我也不好说什么，借就借吧。我知道我丈夫宅心仁厚，看不得别人难受。

谁知过完年他又回来了，说想跟师傅在店里实习一段时间，之后回家也开个店，还说师傅放心吧，这次一定把学费和路费都给师傅。丈夫又相信了他，有活就让他修，认真地教他，回家时还把门市交给他一个人，真没想到他是一个恩将仇报的人。

　　丈夫从来都是把别人往好里想，有些人就利用他的善良，所以他常常吃亏！很多人在帮助别人的时候，根本没指望得到回报。但人性最大的恶，并不是不懂感恩，而是恩将仇报。在这个世界上，"农夫与蛇"的故事每天都在上演，所以我们要帮值得帮的人。人不仅要善良，更要有智慧，不要让别有用心的人利用你的善良做坏事。

　　还有一个张师傅，和丈夫是同行。丈夫有一辆凤凰牌的新自行车，张师傅张口说借几天，说他闺女要订婚了，骑个破自行车不好看。丈夫想都没想，就把自己的新自行车留下，把人家的破自行车骑回了家。半个月过去了，对方也没有还的意思，丈夫去要，张师傅说："让闺女再骑几天吧，孩子不想给，我还得说说她。"没办法，只能这样。丈夫回家后跟我说，我想了想说："这就是一个圈套，根本不是借，是明抢。你别去了，我去要吧。"

　　我去张师傅的店里要自行车，他见我来了装作没看见，我打招呼后说了我来的目的。这次他直接耍赖，说孩子喜欢，就是不愿意还，他也没办法。我说："再喜欢又不是自己的东西，你这个当父亲的这样说可不对呀！"

　　有时候孩子的错不完全是孩子的错，父母的行为会影响孩子一生。教育不是说教，得言传身教，我也不会为这样的人生气，不值得。

　　丈夫骑回的破自行车实在不好骑，太沉了，蹬不动，我让大姐夫给修修先凑合骑着，以后再买。大姐夫拆开两个轮胎，发现里面没有内胎，全是草绳，原来是没内胎啊！我俩笑得肚子疼。这辆车修好需要半辆新自行车的钱，算了吧，不修了，去旧自行车市场买一辆二手的吧。大姐夫说："在哪儿弄的这个破自行车，新的呢？"我俩笑笑说："这不给换成这个了。"

　　吃亏是福，占便宜的才是在吃亏。其实想占便宜的人，往往不会占到便宜，吃亏的人永远也不会吃亏，这是人生真相，我也是后来才明白的。

现在想想，我挺佩服自己和先生的，真是不是一家人不进一家门，我们俩还挺像的。

下篇 一切都是最好的安排

天赐女儿，母爱无疆

儿子两岁时，我有段时间身体不舒服，就找一个老中医把了一下脉。老中医说我已经怀孕两个多月了。闺女是天赐的，我想既然来了就生下来吧！那时，村里已经实行计划生育，头胎是男孩就不让再生了，头胎是女孩的可以再生一胎，我是不符合生二胎的条件的，被罚了300元。女儿来得真是时候，作为父母我们很感恩。我们能成为相亲相爱的一家人，是多大的缘分啊！血浓于水的亲情，值得一生珍惜，天下父母儿女都是一样的。

我是个单纯的人。老人给带孩子要感恩，不给带也不要抱怨，因为养育儿女本身就是父母的义务和责任，老人给带孩子没有"应该"一说。

现在我女儿也有了孩子，我也是这样教育她的：不要怨恨婆婆，自己带孩子，享受做母亲的过程，不然错过孩子的童年就永远也找不回来了。天下父母的心都是一样的，都是很爱很爱自己的孩子的，不能因为婆婆没给带孩子就抱怨婆婆，甚至不孝顺，那是不对的。父母对你好，你孝顺很容易；父母对你不好，你能孝顺才是真孝。

孝是根，没根了怎么能活好？老人是树根，父母是树干，子女是果子。要想硕果累累，就要往树根浇水施肥，只有树根养好了，整棵树才会长好。

女儿做了母亲后变化很大。她有了足够的耐心，能给孩子爱的滋养，性格越来越好，也越来越善解人意，懂得了换位思考。

感恩上苍赐给我一双好儿女！

下篇 ③ 一切都是最好的安排

三岁看大，七岁看老

我怀女儿马上要到预产期，儿子我也带不了了，而先生的店在市里，紧挨着马路，我实在不放心把儿子放在店里。我正发愁怎么办呢，我母亲来接我儿子了，说她帮我带。我含着眼泪看着母亲，感动得说不出话来。这一生中你感动过谁，谁又感动过你？在我最需要帮助的时候（带孩子），母亲伸出援手，多么让人感动。在这里我要感谢那些帮助儿女带孩子的老人，你们辛苦了！

母亲带走儿子，一带就是四年，儿子六岁时才回到我身边。儿子在姥姥家幸福、快乐地成长，能在这个有爱的大家族里成长是他的福气！舅舅、舅妈对他视如己出，姥爷更是把他当心肝宝贝，去哪儿都带着他，背着他。我父亲夏天经常去农村的湾里游泳，也教我儿子游泳。我父亲对他千叮咛万嘱咐："不要自己下湾，只能跟姥爷来。"我儿子记事早，四岁就能记住事，姥爷经常夸他："小小的孩子什么事说一次就能记住，做错事跟他说了，他就不犯第二次，不贰过！"

我父亲天天跟我儿子说："我家孩子不是一般的孩子，将来长大一定有出息，能成大器。"别人就笑我父亲，这么小能看出啥？

我父亲自豪地说:"三岁看大,七岁看老,我不会看错的。"直到现在我父亲还经常说:"我看得很准吧,怎么样,说中了吧!"别说,邻居们还真佩服他这眼力,会看人。

我儿子从小不睡午觉,我母亲告诉他:"不睡午觉自己在姥姥屋里玩,不要影响舅舅、舅妈睡午觉,好吗?"他会认真地说:"好,姥姥你们也睡会儿吧,我不会自己跑出去的。"

我儿子从小就乖、懂事,人见人爱。我常说:"想让孩子成为什么样就把他夸成什么样,经常说的话就是结果,就是你想要的。"这句话在儿子身上应验了。我儿子从小就不让父母生气、操心,大了也不让父母看脸色,都是和颜悦色地说话。

两个舅妈对我儿子特别疼爱,视如己出。他的鞋子都是舅妈亲手做的,冬天的夏天的,我儿子年年都穿新鞋。有这么多亲人的疼爱和照顾,我儿子很幸福!

我儿子从小性格就特别好,是大家的开心果。有一次,他和二姐家的青松、大姐家的松义都在姥姥家,他们是同一年生的,二嫂逗孩子们,先问青松,"长大娶啥样的媳妇?"青松说要扎辫子的;又问松义,松义说要烫发的;最后问琨儿,琨儿说不娶媳妇,长大当和尚去。三周岁都不到的孩子竟然能说出这样的话,着实把二嫂吓了一跳,让我儿子以后不许说这话了。那时没电视也没手机,这话不是学来的。

我儿子在友爱和睦的家庭中成长,学到了很多为人处世的道理。他从小喜欢分享,有好吃的会拿着一个一个地送给大家,有时自己那一份舍不得吃,就放到枕头底下,等第二天再拿出来吃,吃的时候他会让姥姥、姥爷先吃,然后自己再吃。

二老只要看到外孙,都是笑眯眯的,发不起一点脾气,经常说:"这么好的孩子,干吗发脾气!"

119

婆婆是来成就我的

我一直都非常感谢我婆婆。我婆婆性格内向，不爱说话、不爱笑。我的性格跟婆婆正好相反。我像只喜鹊，每天叽叽喳喳、爱说爱笑、无忧无虑的。

生我女儿的预产期快到了，我自己骑35里路回家，前面坐着两岁的儿子（那时我母亲还没有把我儿子接走），后面驮着一个大包袱，里面是新生儿需要用的东西和我儿子要换洗的衣服。我生儿子时不知道都需要什么，马上要生了，婆婆慌了，急匆匆叫几个嫂嫂、婶婶夜里点着煤油灯赶做小被子、小褥子。生二胎我有了经验，知道需要什么，就提前做好了准备！

从怀孕到预产期之前我都在上班，像平常一样干活，直到预产期前几天才回家。

我回到家，婆婆、妹妹都下地干活，我在家里一边带儿子，一边打扫屋子、做饭。农村做饭是烧地锅，女儿是六月的预产期，天气正热，我做一顿饭出几身汗。我们吃水需要到邻居家里去挑。我有一次挑水，正好碰到大娘的儿子六哥，他看到我挺着个大肚子挑着两桶水，赶紧接过来送到家里，还埋怨了我几句。我说："六哥，我没事，挺好的，没那么娇气，做这点家务也累不着我，婆婆和妹妹从地里回来也能吃上现成饭。"

我回家十多天了肚子还没动静，这时婆婆身体不舒服，我就驮着婆婆去了赵庄医院。别人看到都非常吃惊，他们没见过我这样的孕妇。现在回想起来，当时的情景还历历在目，都不知道当时是怎么上的自行车。

这些事我母亲当时都不知道，我想她要是知道了肯定会心疼。婚姻是我选择的，不能让父母担心，那是大不孝。爱是我所选择的，我要为自己的选择负责！成为母亲的我更理解母亲疼爱孩子的那颗心。我懂母亲的心，儿女无论多大在她眼里都是个孩子。

给婆婆看完病回到家，我就开始给婆婆熬药。我在厨房支了三块砖，把药锅放在上面，下面点柴火，用小火熬，开锅了火更要小，一锅水慢慢熬成一碗就可以喝了。吃了几副药后，婆婆好多了，我的心也随着婆婆病情的好转踏实了。

我回家一个月了肚子还没动静。有时我都会忘记自己是个孕妇。现在想想都觉得不可思议，可能是因为年龄小，又单纯，考虑事情简单，没想那么多。也是好事！

也许是婆婆身体不适的原因，也许是我带孩子在家一个多月没生的原因，到现在我也不明白到底是什么原因，当时婆婆的脸色很难看，任何时候都看不到一丝笑容，说话很冲，有时会把我儿子吓哭。我有好几次偷偷地流眼泪，在心里安慰自己："婆婆有病，心情不好，不要跟她计较。"

有一天晚上10点多了，我和婆婆、儿子刚刚躺下（我们在一个炕上睡），我丈夫回家了。儿子听到父亲的声音，迅速从炕上爬下来，高兴地叫着："爸爸，爸爸！"我丈夫也高兴地抱起儿子，

下篇 ③ 一切都是最好的安排

121

亲亲儿子的小脸蛋，儿子开心地咯咯笑。还没等我丈夫把儿子放炕上，坐在炕上脸色铁青、眼里充满怒气、眉头紧皱的婆婆便张口大骂，又哭又闹，说我丈夫心里只有老婆和孩子，根本没有她这个娘。

我被这突如其来的一幕吓傻了，这是怎么了？等回过神来，便问："娘，你这是怎么了？刚才睡觉时还好好的呢，你儿子回来你怎么生这么大气呀？你的身体刚刚好些，有什么事慢慢说，别气坏了身体。"

我的话让婆婆更加生气了。我说："娘，我们哪里有错你说出来，我们会改的，你生这么大的气，对身体不好。"她还是大发无名火，一会儿连我也一起骂了。我委屈的泪水像是断了线的珍珠止不住地流。我说："娘，我们都是你的孩子，我虽然是长媳，但也是个孩子，我比你小儿子还小两个多月呢，我哪里有错你说，你儿子也在，让他听听。"

婆婆莫名其妙地不说话了，也不闹了，安静了下来。婆婆发完火没事了，我却很难受，很伤心，很委屈。这是怎么说的，不愿意让我们在家里，我们可以走。我一刻钟也待不下去了，驮着孩子冒雨回到了城里。

过了几天女儿就出生了，等我姐姐赶到医院时，我已经从产床下来，抱着女儿回到了病房。

有人问："谁是孩子的母亲？"我说："我是。"

她们惊奇地看看我，又看看孩子，说："你是？刚生完孩子，自己走到病房的？"我说："是啊！"

"真新鲜，没见过！"大家都说。

姐姐到了，见我们母女平安，很高兴！

我生完孩子还做了个小手术。不知道是动了胎气还是过月的原因，胎盘没有完全出来，需要手术。四个护士按着我的胸口，我喘不上气来，想大口地喘气，医生说："不行，忍一会儿，马上好，不然胎盘会往上走，碰到心脏人就没救了。"

那一刻我心里对婆婆非常感恩，不管怎么说是婆婆救了我一命，如果在家里生，人可能就没了。是婆婆把我气回了城里，我命不该绝。我这个人最大的优点就是不记仇，受再大的委屈，过去了就过去了。因为是顺产，我当天就出院了。

过了两三天，婆婆来看我和孩子，我还是笑着喊："娘来了？！"好像前几天什么事情也没发生一样。在以后的日子里，我还是经常往家捎钱。我心里明白，"家和万事兴"。我娘家一家和睦，大家的关系都很好，所以我只能告诉他们好事，不开心的事只字不提，也不会在孩子们面前说奶奶半点不是，不给孩子们种怨恨的种子，也不给父母添堵，这也是孝和善的因。

女儿满月后，我就去上班了，丈夫边修家电边带孩子。女儿穿上了土布袋，里面装的是沙土，每天换两次，不像现在的孩子都穿纸尿裤。女儿在床上一躺就是多半年。

母乳最有营养，但我生下女儿后没奶，只好给女儿喂奶粉加炒面，这导致她营养不良，经常生病。奶粉五元一袋，因为我们经济紧张，我只能往奶粉里加炒面喂女儿。我后来学了营养学才明白我当时没奶的原因：女人生气走乳腺，所以会没奶。

我出月子后发现腋下有个疙瘩，去看医生，医生说是生气造成的，不用吃药也不用打针，不生气慢慢就没了。我碰着个好医生，后来我尽量避免生气，真的慢慢就没了。

女人生气走乳腺，男人生气走肝脏，有好脾气就有好福气！我认识到，一个女人做到柔和是多么重要！让自己柔和是我人生最重要的修炼。生活所迫让我越来越坚强，越来越有韧性，外刚内柔是我的修行目标。

那些酸甜苦辣的往事

第五章

对人的一生来说，逆境和忧患不一定是坏事，生命说到底是一种体验，这种体验才是一生的宝贵财富。

感恩大爷大娘

大娘是一位善良、慈悲的人,谁有难处,只要她知道都会想尽办法去帮助,不仅对家人如此,对街坊邻居也一样。她没多少钱,但有一颗慈悲的菩萨心。

我先生总是对我讲大爷大娘的好,他们对他非常疼爱,视如己出。爱自己的孩子,容易;爱别人的孩子,难,后者的境界是很少有人能达到的。我先生一岁多时得了小儿麻痹症,不会走路了,大爷大娘看到小小的孩子遭受这样的痛苦,对他更加疼爱了。

大爷染布卖布,每天走街串巷,回来时都不忘带一个烧饼给侄子吃,他自己的两个儿子都吃不上。我先生无数次讲二老的故事,我百听不厌,为之深深感动。大爷大娘也是王家的功臣,我先生的奶奶去世早,大爷大娘对大家庭的付出和贡献太多了,他们是我永远的榜样!一生能遇到这么好的老人,真是我的福气,在他们身上我学到了很多做人做事的道理。

大娘最爱吃的是柿子,每次回家我们都会给大娘买上几斤,她都是笑着说:"这俩孩子每次都想着我。"看得出来大娘很高兴。

等我们去婶婶家串门时，发现我们买的柿子原封不动在那里放着。我问婶婶谁买的柿子，婶婶说："是你大娘给我的。"我们夫妇俩相视一笑，心知肚明。老人的心是多么善良、无私，我想起来就感动。

感恩亲人们的爱，我真的很有福气。娘家的家人给我善的指引、爱的教化！嫁到先生家又遇上一样善良有爱的家人、长辈。大家族的人对我都挺好，感谢家人们对我的爱。

春节回家，我喜欢去和大娘说说话，听她老人家讲故事，我很受益。在我们事业的低谷期，在我们生活困难时，大娘养的鸡下的蛋她自己舍不得吃，却给我们的两个孩子吃，她说孩子正在长身体，让孩子吃，孩子更需要营养！

大娘去世好多年了，但我每每想起她来就很感动，她始终活在我心里。

用一双手撑起这个家

在我的记忆中,我们经常搬家,前半生都在租房子住,居无定所。儿子6岁上一年级时,有人跟我说孩子还小,上一年级跟不上吧(那时8岁才上一年级)?我说我儿子很聪明,我教的拼音全都会写会认,数学20个数以内的加减法也会。那时没有幼儿园,小学是五年制。

儿子上小学二年级的时候,我们回老家做短绒生意。因为叔叔、妹夫都在做,说生意很好。这样一来儿子就得转学,学校环境、班级、同学都要重新慢慢适应。儿子的新学校是离家三四里的姚里庄小学,儿子每天都是自己去自己回来。

我和丈夫带着女儿在厂子里干活,工厂是家里兄弟4人合伙开的,大家干活都不拿工资,就等年终分红。我们的地从妹妹出嫁后就不种了,让村里有能力种地也愿意种地的人家种了。我们的生活非常艰辛,就盼着生意好点,日子能好过些,不然都维持不下去了,开工厂的钱也是借亲朋好友的。

我们回家住了十几天,婆婆就不愿和我们一起住了,叫人从房子中间打了一堵墙,一家两间,两间中间还有一堵墙,我们一家四口挤在狭小的房间里。

后来婶婶说:"你们这样住太不方便了,你们搬到我们家住吧,还能给我们看个门。"婶婶在邻村开工厂,家里空着,我们非常感激婶婶!婶婶家在村头,没有院墙,视野很开阔,能看到很远。

厂子头半年还挣点钱,后来就不挣钱了,到春节也没拿到分红,可想而知,那时的生活是什么样的。就这样,我们又坚持了两年,不仅没赚到钱,还欠了一笔数目不小的债。我们欠的债分到六哥六嫂的身上,我们用了十多年才还上。六哥六嫂人很好,一直没跟我们要过钱,说:"你们现在的日子很难过,不是不还,是没有钱。等我们老了干不动了,你们再一点点给我们,我们也好养老。你们现在连饭都吃不上,我们怎么忍心逼你们还钱啊!"

我被六哥六嫂的话深深感动了,一生永记,在之后的日子里他们也没少帮助我们,隔三岔五就会送点粮、面什么的,从中我看到了六哥六嫂金子般的心。后来,只要我们回家,都会去看看六哥六嫂,钱是还上了,但六哥六嫂的情是多少钱都还不上的。真情是无价的!感恩六哥六嫂!我生命里要感恩的人太多太多了。

在生意落败的日子里,我娘家的兄长、姐妹很是挂念我,知道我日子苦,孩子又小,没有什么收入,都替我发愁,都想着接济我。

可要强的我学会了说"不",拒绝了亲人们的好意,我说:"帮急不帮穷,我不愿让亲人们牵挂、担心、可怜。我有一双手,能撑起这个家,能把孩子抚养大,放心吧!我还年轻,我有这个能力。相信我!"

那时我的体重只有90斤左右,还有严重的神经衰弱,走路时总是眼前发黑,脚发软,几次摔倒在地。丈夫觉得这样下去不行,让大夫来给我看。我输了几天营养液就继续干活了。没有地,过麦秋我可以去拾麦子,过大秋我可以去捡玉米、花生、地瓜。眼下要生存，要让大人、孩子吃上饭才行。我每天跟别人一起早早出发，很晚才回，披星戴月的，就这样把一家人一年的口粮解决了。

离我们村十几里地的六里长屯，是大蒜种植基地，家家种大蒜，到大蒜收获的季节，需要雇人来编大蒜，一百头大蒜是一挂，两角钱一挂。我去参加面试，面试官问："会编吧？"我其实从来没编过，但不能说不会，也不能说会。我说："是女人就会编小辫，放心吧，一定能编好！"说是简单，但干起来挺难，刚刨下来的大蒜叶子里有的蒜薹断在里面，很硬，编起来很费劲，编一挂需要二三十分钟。编几挂下来，手指头、指甲又辣又痛，人家还嫌慢，吵着要换人。我跟老板说了很多好话，说早来晚走一定不耽误他走大蒜，老板才勉强答应。第二天天不亮我就到了，手上贴着胶布，使劲编，晚上很晚才走，一共编了120多挂，老板很高兴。我每天都累得腰疼、手疼，来回还得赶30多里路，但一个多月后就没活了。

后来，我发现农村的日用品商店里汽水卖得很好，孩子们喜欢喝，我就买了一袋尝了尝，嗯，好喝！于是我骑自行车到市里的批发市场，问老板食用色素对人体是否有害，老板说没有，我就放心地把做汽水的原材料买回家，还买了装汽水需要的东西。第二天我就开始装配汽水、找销路。几天工夫，我联系了十几家小卖铺，忙得不亦乐乎。

有时候看似到了绝路，只要不被困难压倒，办法总比困难多。人的潜能是无限的，只有想不到没有做不到。我每天都很辛苦，忙忙碌碌的，但精气神很好，每天都笑呵呵的。

后来我给丈夫出主意，让他在自行车上挂个牌上街出摊维修家电！开始他有些为难，因为要大声吆喝。我鼓励他说："刚开始是开不了口，慢慢就好了。你手艺好，人又好，苍天会照顾我们的，你可以先去赶集，不用喊，别人看到牌子会主动问你。"

他连续出去几天都有收获，心里好受了些，不然看着我每天辛苦奔波，他自己无所事事，心里也难受。我说，咱俩一起努力，共渡难关，没有过不去的坎儿。

后来他在尚官营的集市上打开了市场，那里有很多买卖旧家电的，需要修好才能卖，他的机会来了。他为人实在，收费特别低，说让人家也赚点钱，都不容易。因为他的手艺好，收费又公道，大家都找他修，每天修到很晚才回家。于是，他跟我商量，不想来回跑了，太累太辛苦，不如在集市上租一间房，这样省了来回跑的时间，还能多修几件家电。后来，他租了一间门面，是个套间。跟他相处时间长的人都很喜欢他，他随和、憨厚，休息时还能拉一段胡琴。好多爱好者闻声而来，屋里一下就热闹起来了。他当琴师，别人点戏他来拉，这样又多了很多免费给做广告的热心人，生意越来越好。

只有想不到，没有做不到

有一天我回到家，看到屋里的东西没了，便问邻居。邻居说，你丈夫让朋友帮忙把家搬走了，让你带孩子去尚官营找他，怕你不去，事先没和你商量。几天后，我和孩子都去了尚官营，孩子们又要转学了，这时两个孩子都上了小学。丈夫的人缘好，就连村主任、村支书、集头都给买了旧衣柜、旧沙发（他们村有旧家电、旧家具市场）来庆祝我们搬家。后来孩子上学的事也解决了。

到尚官营后我就想：我干点什么呢？我到集市上走了一圈，发现没有卖小吃的，集市下午两点多才散，大家都是饿着肚子做生意。于是，我回家和丈夫说："我要打烧饼。"他说："你也不会呀！"我说："没事，没什么难的，咱去市里买炉子和平底锅，买几个烧饼，顺便问问人家烧饼怎么做。"人家也不知道我要打烧饼，就告诉我，"很简单，用发面、油、盐、五香粉什么的就能做好了。"

我回家就开始打烧饼，开始打得太硬，只能自己吃。我发现烧饼太硬的原因是火太大，又慢慢摸索，后来就打得很好吃了。我打的烧饼个大、好吃，很好卖，5角一个，儿子放学后也帮我卖。那会儿，他已经学会了生炉子、做饭、炒菜，经常给我们做饭！

再后来，我又学了三天炸馓子，因为学习时间短，没有完全掌握技巧，第一次炸的不好卖。我去松林赶集，还交了2元税和3元摊位费，傻傻地站了4个多小时，根本没开张。炸得不好，没人要正常。那就串街卖吧！卖了5天才卖完，再炸就越来越好了。后来我又去20多里外的夏津卖，不仅好卖而且价格还贵（每斤能多卖5角钱）。

回想自己的前半生，干的事儿可真多！当过服务员，卖过冰棍，糊过纸盒，打过烧饼，炸过馓子，卖过汽水，炸过油条，当过纺纱女工，卖过面包。

让孩子从小独立自强

记得有一次，儿子放学回家说饿了，我和丈夫正在炸馓子腾不出手来做饭，蒸馒头的面也发开了。我就说："儿子，你蒸馒头吧！"儿子说不会。我说："你可以学，我说你做——打开炉子，放上锅，添水，把笼屉布铺上，好了吗？"儿子说好了。"嗯，你洗洗手，手上沾点干面，从盆里抓一块面，揉一揉，一块一块地往锅里放，放满了再盖锅盖，开锅20分钟，馒头就熟了，就可以吃了。"

蒸好后，儿子很开心地拿了一个馒头给我看："妈，我蒸的馒头全笑了，都笑开花了！"我们也都笑了，那年儿子9岁，什么家务活都会做！

有一次，我回到家看见两个孩子在晾衣服，儿子站在凳子上往晾衣绳上挂衣服，女儿站在地上给儿子递衣服。在儿子的带动下，两个孩子把我们的脏衣服全洗了，屋里也打扫得很干净，我看到这一幕，又高兴又心酸。高兴的是，穷人家的孩子早当家，孩子成熟得早，心疼、体谅父母的操劳，从小就有担当！心酸的是，跟他们同龄的孩子要啥有啥，经常淘气，让父母生气操心，而我的孩子这么懂事，啥活儿也干，啥东西也没要过，小小年龄就承受了这么多。我心里默默地说："孩子，父母对不住你们，让你们受苦了！"

吃苦了苦，享福消福。吃点苦是好事，等他到社会上就不会感觉到苦，也是给自己积福报。在苦水里长大的孩子都知足、感恩。儿子就是这样的孩子。

两个孩子上学时，我们没有给他们零花钱的习惯，夏天他们就一人一瓶凉白开。有一次我问儿子："有小朋友买冰棍吗？"他说："有，好多小朋友买。"我又问："看到小朋友吃冰棍馋吗？"儿子说："馋！但我不会看他们吃，喝白开水止渴。"

记得有一次我带两个孩子去赶集，大热的天我什么吃的也没给他们买，晒得他们小脸红红的。在集市上，我们看到一个孩子跟他母亲要东西，他母亲没给买，那孩子就躺在地上大哭大闹，他母亲连打带骂拉他起来，那孩子就是不起来，哭闹不止，最后他母亲只好妥协，拽起孩子去买了。

我趁机问两个孩子："他们这样对吗？"两个孩子说："不对，那个孩子不应该哭闹打滚。"儿子说："他妈不应该打了他，又去给他买东西。"我说："儿子，如果换作你，你会怎么做？"儿子说："我不会哭闹，再说哭闹在您这里也没有用。"我笑笑说："大热天带你们来赶集，也不给你们买吃的，妈妈就想让你们知道，妈妈做好大人应该做的事，你们做好孩子应该做的事，要从小养成不乱花钱的好习惯！"

小时候吃点苦不是坏事，苦过的人才知道甜，长大才有出息。宠儿多不幸，娇儿难成才！让孩子独立自强，而非溺爱孩子，才是最好的家庭教育！

让孩子从小有爱人之心

我们有一次租的房子,邻居是个孤寡老大爷,靠糊扎纸糊口。我这个人就是见不得别人受苦,逢年过节做点好吃的我会让孩子或丈夫给老大爷送点儿过去。我们日子过得很紧巴,平时难得吃肉,孩子们都馋,回家看到妈妈做肉都特别高兴。

记得有一年过年时,我炖了一锅土豆鸡块,儿子迫不及待地想吃,我盛了一碗对儿子说:"先给隔壁爷爷送去,说声爷爷过年好。"孩子从小就懂事,不论高不高兴,都听妈妈的话,乖乖地端着碗给邻居老大爷送去了。

老大爷生病时,我会冲个鸡蛋花泡把馓子,让丈夫送过去。老人可开心了,说我们一家人心可真好!

我们虽然物质上贫穷,但精神上很富有,无论遇到什么事都乐观,尽自己的力量去帮助那些需要我们帮助的人。我们一家人相亲相爱,孩子懂事、知道孝顺父母,虽然日子很苦,但是我们感到很幸福。

其实孩子就像小树一样,你给他浇灌爱和善,他长大就会结出爱的果实。有爱人之心，以后做什么事都会想到别人，有一颗为别人着想之心！

儿子在五里地之外的松村镇上初中，他每天天不亮就自己起床去上学，从来没让父母叫过。他还每天早早地去叫同学一起上学，冬天的早晨很冷，天还是黑的，他会在同学的家门口等人家起床一起上学。

儿子回家总是主动做家务，像个小大人似的。我有时累了，坐床边上都能睡着，儿子就打好水，叫上妹妹一起蹲下给我洗脚，并说："妈妈你太累了，歇一会儿吧！"有时早上兄妹俩看我没醒，就悄悄地起床，又做饭又扫地，把家里打扫得干干净净的。吃完饭，盖上锅，儿子会写个字条："妈妈我们上学去了，饭你起来热热再吃，别吃凉的，会生病的。"等我醒来看到儿子留的字条，心里特温暖，感动得直流泪。

小小的孩子曾感动过我无数次，有时我会想，自己上辈子不知做了啥好事，上苍赐给我这么好的儿子！儿子从小就有爱人之心。

小爱爱自己，大爱爱天下

儿子和一个小男孩一起卖报纸，挣到钱两个人平分。有一次，小男孩家里有事，几天没来，他俩的活儿子一个人干了，到分钱时还是一样平均分的。我说："儿子，你多干活却没有多分钱，你是怎么想的？"他说："谁没有个事，一起做事，不能分这么清，让别人高兴就是让自己高兴。"十三四岁能说出这样的话，不简单，有格局！儿子遗传了我们夫妻俩的优点，我很是欣慰。

后来，大家都喜欢新家电，旧家电没市场了，丈夫的生意也就萧条了。我们做生意欠的钱人家找上门来要了，扛过了一个坎儿，接着又要过一个坎儿。欠债还钱，天经地义，解释没有用，我们只有厚着脸皮跟人家说好话，让人家多给些时间，我们现在只能一点一点还。

儿子被迫辍学，他看到朋友不喜欢上学，被母亲追着打、逼着上学，很羡慕地对朋友说："上学是件多么幸福的事，去上吧！"我听到儿子的话心在流血。儿子渴望上学，是考虑到家里的境况才不上的，他说让妹妹上学，他要去打工，多挣点钱，好让餐桌上多一点儿菜，让我们能吃上肉、鸡蛋，不让父母每天这么辛苦。他还说将来要赚很多很多钱，要让父母过上好日子。

儿子如今真的做到了，不仅让父母过上了好日子，还帮助了无数家庭和孩子，慧宇六周年年会时资助了20个孩子上学，七周年年会时又资助了20个孩子上学。

很多孩子渴望上学，却没有条件上学，儿子能体会这种痛。他辍学时，其实内心特别渴望上学，如果当时有人资助他，他就不会辍学。他学习很好，老师了解我们家的情况后，派同学到家里告诉我们学校把他的学杂费免了。但他还是坚持不上学了，要和父母一起撑起这个家。他经历了同龄人没经历过的磨难，逆境让人成长得更快！我总说儿子是有来头的，是带着使命和责任来的。

孟子说："故天将降大任于斯人也，必先苦其心志，劳其筋骨，饿其体肤，空乏其身。"对人的一生来说，逆境和忧患不一定是坏事，生命说到底是一种体验，这种体验是儿子一生的宝贵财富。当他回首往事的时候，可以自豪而欣慰地说："一切都经历过了，一切都过来了！"这样的人生比一帆风顺没经历过什么磨难，没有什么特别体验的人生要丰富得多，也有价值得多。

柔顺与坚韧

有一天,妹妹放学回家跟哥哥说:"老师让交5元烤火费。"哥哥说:"不要告诉妈妈,妈妈没钱,要不妈妈还得去跟别人借钱,现在咱们家借钱很难,等我把书本拿到废品站卖掉,给你交烤火费吧!"

儿子去几里地之外的村庄卖书了,可是他之前开了炉子烧水,本来准备给我们做晚饭,结果一着急忘了关炉子就走了。等天黑我下班回来,发现锅已经烧干了,再晚点儿就要出大事了,不仅锅会化,还会引起火灾。我当时也不知道儿子去哪里了,很生气,就把女儿叫来问。女儿也说不知道(兄妹俩说好了不让我知道,这是他俩的秘密),所以不管我怎么问,女儿就是不说。

我又累又饿又生气,女儿看我真生气了,怕哥哥回来挨打,跑出去搬救兵了。她把邻居嫂子叫来了,我说:"嫂子,没事,你放心吧,我不会打孩子的,你回去吧!"

过了一会儿,儿子回来了,看到我坐在床上哭,很害怕地说:"妈妈,你生我气了?都怨我,忘了关炉子就出去了。"我问他:"这么晚回来，你去哪儿了？"儿子不说话，低头扳着手指头。我更来气了："怎么都不说话？妈妈在问你们话呢！"儿子看我生气，哭着说："妈妈，别生气了，我去卖书了，我不上学了，书也没用了，就想把它们卖掉，给妹妹交烤火费，不让妈妈为难再去跟人家借钱。"

儿子说完眼泪汪汪、可怜巴巴地看着我，女儿也哭了。我的心顿时像被刀剜了一样，很疼。我心疼地把两个孩子搂在怀里，失声痛哭。好孩子，我怎能责备孩子呢？我真是又后悔又自责。

做父母的有很多地方需要向孩子学习，这次我在儿子身上学到了柔顺。

儿子出去打工了，工作是喂狐狸。儿子走时只带了一床被子。我去看儿子时又给他带了一床被子。我到大门口远远地看到儿子瘦小的身影时，泪流不止。儿子身上的狐狸味很浓，头发乱糟糟的。

儿子看到我来了，高兴地帮我拿被子，又问好，并带我去他住的地方。他住的房间在院子的最里面，房间里只有一张床，什么也没有。走到床前，我才看到原来儿子是把被子的一半铺在床上的，床板是竹片组成的，还少了几根，坐在上面硌得屁股都疼。儿子每天要给狐狸喂食、洗涮，小小的个子提着个大桶，想想那场景都心酸。儿子喂完狐狸还要和老板去地里干活。

有一次，别人不小心用铁锹碰到了低头干活的儿子的眉头，鲜血立即流了出来。那个人也吓坏了，以为伤到他的眼睛了。幸好只是伤到了眉毛的位置，不是眼睛。我儿子没把这当回事。

13岁的儿子去工地当小工搬砖、推车，手磨得都是血泡。有一次，架子没绑好，塌了，差点砸到他，幸好他跑得快，这也是后来别人跟我说的。儿子从小就是报喜不报忧，不让我担心。儿子命大，命硬，每次都是有惊无险。

儿子从小吃苦耐劳，在他的身上我看出了他坚韧的品格。

好学与慈悲

后来,儿子在青岛的红岛饭店找到了工作,他做事很勤快,老板很喜欢他。

中午打扫完卫生,本来是大家轮流看大厅,可儿子说:"中午我没午休的习惯,由我来看吧!"大家都很高兴。

儿子喜欢看书,就在图书馆借书看,一年看了很多本书,都是晚上挤时间看的。儿子看书很快,记忆力很好,他想通过读书学习知识,改变自己的命运,他知道自己没有依靠,只能靠自己。

儿子从来不乱花钱,除了从家里带的衣服外,他不买一件衣服。他领了工资除了买与学习有关的东西,其余全都交给了我。

在工作中,他能付出,能吃苦,不怕脏、不怕累,在哪里干活都踏实肯干,每到一个地方身边的人都喜欢他。

饭店的老板雇用了两个当地妇女帮忙,中午忙完人家就回家了,干半天活工钱跟儿子干全天一样多。干了一年后,儿子春节回家时跟我说,春节过后不去饭店上班了,老板不公平,他不干了。虽然老板送他到火车站时说明年给他涨钱,但儿子还是不想去了。

大年初六,老板娘专程坐车从青岛来接儿子,说这孩子干活好,他们实在找不到好的帮手,特别是厨师那儿,换了几个都说不行,就专程来请王琨回去。儿子把我叫出去说:"妈妈,我不想去了,你不要答应呀!"老板娘看出了儿子的意思,说:"帮帮姨姨的忙吧!"我和孩子都不知说什么了,儿子很不情愿地又去她家干了一年。

我去青岛看他时,老板说:"你妈来看你,你回去和妈妈说说话吧!"儿子说:"不能耽误干活,晚上吧!"晚上儿子和我聊天时说:"妈妈,我看到一条条的鱼死在我的手里,心里很难受,这活我真不干了。"那时我就发现儿子有颗慈悲心,连一条鱼都不忍心杀。现在儿子特别喜欢放生,还喜欢吃素。

父母的观念是孩子的起跑线

2004年，我接触了直销，经常参加会议学习，还买了好多成功人士的书、光盘、演讲视频来学习。亲朋好友不理解，也不支持我。买产品、买学习资料等都需要钱，我又厚着脸皮借钱买回几套产品，做起了直销。

农村人很难接受直销，都说我们在做传销，很多人见我们就躲。婆婆听到别人的闲话，也觉得我们是在做传销。儿子春节回家看奶奶，奶奶和他说我们在做传销，他也相信了，奶奶还不让他把钱给我们。儿子回家问我们为什么做传销，我和儿子进行了沟通，问儿子："爸爸妈妈人怎样？""善良，勤劳。"儿子说。"你相信爸爸妈妈不会害人吧？""相信！"儿子说。我跟儿子说："家里有妈妈学习的光盘和书籍，有公司的介绍，这段时间你好好了解一下，看看爸爸妈妈到底在做什么，好吗？不要光听别人说。"

之后，儿子天天看光盘、看书，发现我们不像大家说的那样在做传销，而是在做直销，是合法的。他很喜欢张教授的演讲，便照着镜子模仿、练习演讲，还很兴奋地对我说："妈妈，将来我要成为最优秀的讲师，我要和这位老师同台演讲。"我说："好，妈妈相信你！你将来一定会成为最受欢迎的讲师，站在国际舞台上演讲。"

那一刻，儿子成为讲师的梦想种子种下了。我非常感谢直销，让我的思想观念能理解并支持孩子的梦想；我也感谢自己的单纯，接触并相信了直销，不断学习，更新观念。所以说，一个好的观念能换来亿万财富，亿万财富却买不来一个好观念。父母的观念就是孩子的起跑线。

2005年，我们重新回到了城里，儿子找了个卖报纸的活儿，边学习，边做市场。直销是新生事物，人们大多不接受，市场很难拓展。我们每天很辛苦，收获不大，开支却很大。我们租了三间房，一间开会，两间住。我做陌生拜访，一天下来也有一两个愿意试用产品的，对我来说也是一种欣慰。万事开头难，有一天我累得实在走不动了，脚也很痛，坐在马路牙子上休息时，发现鞋底磨了个洞，脚底都磨出了血泡，我笑笑，坚持走回了出租屋。

经过几个月的努力，我们团队的伙伴渐渐多了起来，我们经常在一起学习，业绩也越来越好。儿子每天中午去图书馆看书，回家还给我们分享。他早上能起早，中午不午休。每天早上，他都早起把院子扫干净，把厕所刷干净。我们和房东住一个院儿，他们住一楼，我们住二楼。房东大哥经常夸我儿子勤快、懂事，说我们有福，养了一个好儿子，很羡慕。他说自家儿子晚上上网，早上不起，做好饭让吃都不吃，并感慨地说，都是孩子，怎么差别这么大呢？

我说："你们家条件太好了，孩子要什么有什么，不用努力就什么都有，孩子自然就不努力了！"

家庭条件太好，不一定对孩子好，如果家长不会教育和引导，再加上溺爱，基本上这孩子就废了。其实没有不好的孩子，只有不会教育孩子的父母。父母的教育很重要！

梦想的种子在发芽

儿子感觉长期送报纸不行，离自己的目标太远，他决定出去闯一闯！有一天，儿子兴奋地告诉我，他在网上报名了一个老师的课程，在石家庄上课，学费1280元。现在看，这点钱不多，但对于十几年前的我们来说，这可是一大笔钱啊！我们心里是支持儿子的，嘴上却说让他自己去借钱，其实是想让他体会一下借钱的滋味。我们夫妻俩私底下也在一点点地借——借多了人家也不会借给我们，怕我们还不起。

儿子好几天都没借到一分钱，心情很是沉重，晚上也不吃饭，说不饿。我对儿子说："儿子，吃饭，明天早早出发去学习，早点睡，还要起大早呢！"儿子一下跳了起来，高兴得眼睛都湿润了。

第二天，儿子出发去了石家庄，他很珍惜这次学习的机会。他知道我们借钱不易，我敢说现场两千多人，他是最认真的那一个。一样的学习，不一样的收获。带着心学习，珍惜学习机会和时间，才对得起自己。

学习结束回到家，儿子跟我说："妈妈，我来给你们的团队做培训。"

晚上，儿子备课到深夜，第二天他在课堂上讲得有模有样，我们都惊叹孩子的思维、观念、价值观怎么会有这么大的改变！他的记忆力超强，学习能力也不错，只听了两天课，就讲得这么好，我认为儿子将来一定会大有作为。当时段大哥还给我儿子写了一段顺口溜称赞他，说这孩子将来一定能成大器，成为我俩的骄傲。事实证明他还真说准了！

儿子经常演讲，不断成长，越来越自信，便想去大城市发展。我丈夫说："你去济南吧，我有个朋友在那里，你去找他。"丈夫给了儿子200元钱。儿子刚到济南时干的是送煤气罐的活，他用自行车驮煤气罐，并扛着往楼上送（很多楼房没电梯）。自行车一趟只能驮一罐，太浪费时间，挣不了多少钱不说，每天还累得要命。干了几个月，他感觉这不是他的出路，又去了济南的国际饭店。他在那里认识了张龙，两人结下了深厚的友谊，张龙现在是慧宇的副董事长。

因为有共同的爱好、理想和目标，他俩成为志同道合的好兄弟，再后来两个人一起去了北京发展。儿子有着同龄人没有的人生体验，生活让他学会了感恩、付出、负责任和有担当。感恩一切！一切都是最好的安排！

第六章

人生路途上的感悟

体悟到天地万物的自然规律，去遵循，并完全落实到生活中，你会发现时时美好、幸福！

珍惜、善待身边的每一个人

丈夫去买菜，认识了在临清市做生意的甘肃人赵大哥。赵大哥住的宾馆离我们那儿挺近，所以经常会来坐坐，我们开会他旁听，平时也会一起喝茶、聊天。他说："我也认识几个做直销的朋友，但不认可。你说奇怪吗？你们讲的我能听进去，你们夫妻俩人品好，值得交！"就这样，赵大哥成了我们家的常客。后来他说生意不好做，花销又大，过几天就要回甘肃老家了。

之后几天赵大哥没来，我丈夫说："我去赵大哥那里看看他，是不是已经回老家了！"丈夫去了好长时间没回来，我也赶紧过去了。到那里，我看见丈夫抓着赵大哥的手，赵大哥靠着墙，脸色发白，嘴唇发紫，好像是缺氧。他很吃力地说着什么，我当时很着急，问："赵大哥，你是不是心脏病犯了？"他点点头。我说："赶快去医院吧，我去叫车！"他说不用，他没钱，已经吃了速效救心丸了。我说我们也没钱，怎么办？！

他一个人出门在外，没人照顾，有点事也没人知道。我们既然认识了，就不能不管。我看他的病情好像稳定些了，也没多想，就问赵大哥："我们是朋友吧？"他说："是！"我接着问："相信我们吧？"他点点头。我对丈夫说："让赵大哥缓一缓，一会儿扶他上咱的三轮车，拉他去咱家，好有个照应。"赵大哥到我们家喝了点开水就躺下休息了，看上去好了很多。我丈夫一晚上没敢睡觉，一直在照顾赵大哥。

第二天早上，赵大哥说有点饿，我给他做了点吃的。根据他的病情，我又找了几瓶对他有好处的产品给他吃。他说他没钱，我说我知道，让他先别管钱的事，把身体养好再说。赵大哥在我们家住了几天，伙伴们有给他买鸡蛋的，有给他买牛奶的，把他一个大男人感动得竟然哭了。

赵大哥很高兴，说自己有福气，交了这么好的朋友，对他像亲人一样。几天里他有说有笑的，真看不出他前几天曾命悬一线。意外和明天不知哪一个先到，要好好珍惜自己，珍惜身边的亲人、朋友，在生死面前其他事都是小事，不值得一提。

我们夫妻俩把赵大哥送上回家的路，给他吃的产品也让他带走了，儿子看看我们笑着说："好了，产品又没了，咱这样做生意还真是独一无二。妈，你不怕赵大爷走了不给咱钱吗？"我笑笑说："不给不就是一两千元吗！没事，儿子，车到山前必有路，柳暗花明又一村。没有过不去的坎儿，这一切都会过去的。我相信以后我们会越来越好的。"儿子笑了，我们也笑了。

过了不到一周，赵大嫂打电话感谢我们对赵大哥的救命之恩，问产品多少钱要汇款给我们。一个月后，赵大嫂来临清处理生意上的一些事，还专门来家里致谢，并送来了观音坐像等，我们结下了深厚的友谊。

后来，一个朋友知道这件事后对我说："心脏病突发者你们也敢往家领啊？万一出事怎么办？你们想过没有？胆子可真大。心脏病发作也许几分钟之内就会死人，是很危险的。"我说当时也没想这么多，就想帮帮他。

　　后来因为我们几次搬家，赵大哥的电话号码也找不到了。出现在你生命里的每个生命都是必然，没缘也不会认识，珍惜、善待身边的每一个人吧！惜缘！惜福！

孝道与感恩

在我们刚开始做直销时,有一天我回到家,看到儿子脸上洋溢着灿烂的笑容。他对我说:"妈妈,给你一个惊喜!"哇!屋里收拾得一尘不染,厨房打扫得干干净净,厕所刷得跟新的一样,这些都是儿子的劳动成果!"妈妈还满意吗?""儿子,妈妈太满意了!"我们母子俩都开心地笑了。

在以后的日子里,儿子一直坚持做家务。身处逆境的时候,把房间打扫干净,会让自己心情变好。

儿子从小就是一个懂事、勤快、知道感恩、体贴父母的孩子,谁见了都喜欢。他13岁辍学,做过很多工作,在临清市做服务员时,他是洗碗工,挣钱很少,干活很累,没有一天休息日,一个月也就200多元。他去看姥姥、姥爷都要请假。姥姥因偏瘫躺在床上不能翻身、失语,但脑子很清楚,心里也明白。儿子是姥姥、姥爷带大的,他们之间的感情特别深。他去看姥姥、姥爷时会陪二老聊天,告诉他们自己工作很好,吃的也好,不让他们担心。

姥姥不会说话,但能听到、看到、感受到,看着孩子心疼得直流泪，她知道自己已经那样了，照顾不了孩子了。儿子临走时偷偷把200元钱放在姥姥枕头底下，直接给怕姥姥不肯要。我儿子走后，我母亲用手指指枕头，我父亲才发现那200元钱，问是不是王琨给的，母亲激动地应声："嗯！"

　　二老告诉我这件事的时候眼里还挂着泪。父亲说，这孩子这么小，就这么有心、懂得感恩、孝顺，从来报喜不报忧，不让大人担心，太让他们感动了！我听到父亲的话也很感动和欣慰。

　　母亲偏瘫9年，父亲9年如一日地在她身边细心照顾，像哄小孩一样和母亲说话。我们去了父亲都不让搭把手，说我们不知道轻重，会碰疼母亲。父母的感情深深地感动了我。母亲偏瘫卧床后，两个嫂子也是跑前跑后，给母亲洗衣、擦身、洗头、梳头，细心照顾，把母亲的屋子收拾得干净舒适。嫂子们说母亲爱干净，就一直让母亲保持干净，看着也舒服。感恩嫂嫂们对老人的照顾！

　　在我们的人生低谷期，非常感恩贵人们的相助。杨老师、刘哥刘嫂、自峰、冯书记、红兰姐、广池弟、娟姐、张姐、诗鹏弟等，他们知道我们的情况便出手相助。叔叔、婶婶提供房子让我们住，让我们全家有安身之所，非常感恩！感恩所有帮助过我们的贵人们！也感恩所有给我们制造磨难的人们，是你们时时鞭策着我们，让我们失意时不绝望、不退缩，让我们逆流而上，勇往直前。谢谢你们！

不争不贪，福禄无边

我们在山东老家杨千户村有五口人的地，因为自己种不了，很多年不种了，让想种、有能力种地的两家人家在种。一家种的是两个人的地，另一家种的是三个人的地。这么多年来我们一直什么也没要，让他们免费种地，国家给的补贴也是给他们。

婆婆健在时，种两个人地的那家每年会给婆婆些小麦、玉米。有一天，小姑子打电话让她哥哥回去一趟。丈夫回去了，婆婆说大队要给村民办土地使用证了，土地三十年不动，去人不去地，添人也不添地，种两个人地的那家报的是我们的名字，种三个人地的那家现在不承认种的是我们的地了。这下把老人给气病了。丈夫去问，人家不认账。丈夫只好劝母亲，说："不认账就不认账吧，咱这么多年不种地了，她需要就让她种吧！她不承认拉倒，别因为这点事气坏了身体，不值！"

丈夫把这事告诉我后，我也很生气，说："还有这事？！她家几口人？这么多地哪里来的？大队有存根，一个人多少地一查不就知道了吗？不是自己家的据为己有，这叫霸占，这叫明抢，这叫欺负人。她以为报上去就行了？！"

丈夫笑笑看着我，说："还真生气了？她据为己有，无非为点利益。人家不认账，就算了吧！你还真想起诉她呀？起诉肯定能把地要回来。不过咱现在也老了，还去种地吗？一个村里住着，真掰开脸了也不好看，这也不是咱的为人，没必要，也不值得是吧！她都三八等于二十三了，咱还跟她计较啥呀！放下吧，放下吧！"

我以前总认为丈夫在有些事上选择息事宁人，是受气包、懦弱的表现，现在看来其实不是，丈夫是善良、宽容，什么事都看得开，拿得起，放得下，大智若愚。谁真傻？他只不过是不计较，明明白白吃亏，还不怨恨。丈夫常说的一句话就是：是你的丢不了，不是你的强求不来。说真的，我很佩服丈夫，也很庆幸选对了伴侣。

别人看你善良，看你弱，欺负你，笑你傻。真正傻的人是谁？是那些损福报的人，子孙后代都在受苦还不知！人在做天在看，厚德载物，积福给子孙后代吧。不争不贪，福禄无边。积善之家必有余庆，积恶之家必有余殃。每个人都要为自己的行为负责，因为自己种的什么因就会结出什么果。要时刻警醒自己，做好自己。

信用卡风波

我们夫妻俩做直销十多年,虽然挣了点儿钱,但花在学习和自用产品上的钱也不少。我们很努力,也很专业,客户对我们也很支持,但生意还是举步维艰。当时我们办了两张信用卡用来周转,开始每张卡的额度是1万元,后来因为信誉好,两张卡的额度都增加到了5万元。丈夫那张卡本来该还款了,他也筹到了钱,但他没还信用卡,在我不知情的情况下,把钱借给他的好朋友了。对方说用三五天,他相信了。结果半个月过去了,一个月过去了,也不见他朋友还钱。银行一直给我们打电话,说再不还就到公安局立案了。

我给对方打电话、发信息,对方都不回,怎么办?我丈夫说:"他是我最好的朋友,他肯定有难处,要不早给了,你别打了,咱也想不到办法了,欠这么一大笔钱,看来要有牢狱之灾了。"我知道事情的严重性,埋怨丈夫道:"你是讲义气、够哥们,却害了自己,这不是在大牢里待几年的事。"

2012年下半年,正是儿子创业最艰难的时候,他一个人在北京发展,没有人脉、没有背景。我们帮不了儿子就算了,还出了这个事,如果让他知道，对他的打击就太大了。我不忍心跟儿子说，硬拖着。有一天我回到店里，发现桌子上有一张纸条，原来是公安把我丈夫带走了。事情到了这个地步，我只能跟儿子实话实说了！我的心情特别沉重，哭得像个泪人，电话那边的儿子却安慰我说："妈，别哭，大风大浪都过去了，不用怕，不要担心，有儿子呢！一切我来想办法。"听到儿子的话，我又感动又惭愧，又心疼儿子，心里五味杂陈，特别复杂。儿子创业压力很大，没多少钱，又缺人手，急得满脸起痘痘，他每走一步都很艰难，我们帮不上忙就算了，还要拖累他，当时我的心很疼很疼！

接着，我给丈夫的朋友发了一条短信："麻烦你回来帮忙处理我丈夫的事，没钱没关系，你先回来，我们一起想办法补救。你认识的人多，可以帮忙找找人，我和儿子想办法把钱补上。"

可事情并不是我想的这么简单，公安局已经立案了，信用卡的欠款超出一定时间不还，不仅要还本金和利息，还要交滞纳金，要办很多手续，很麻烦的。儿子接二连三地打款，已打了几万，可还需要保证金。我这个当妈的心都在滴血，这不是要儿子的命吗！我实在不忍心再和儿子说这件事，我突然想到了儿子的叔叔，我的小叔子。我把电话号码给丈夫的朋友请他帮忙联系，他早上联系上我小叔子了，说了他哥哥的事，问是否能帮忙。到晚上再联系就联系不上了。我不相信，自己联系，也联系不上。我说电话号码肯定错了，朋友说不会错，早上打的就是这个号码，我始终认为电话号码不对。

六哥的儿子来询问此事，他有我小叔子的电话，说这个号码没错，并当着我的面把电话打过去，电话通了，那一刻，我肝肠寸断，整个人僵在那里，傻了！我默默地说，怎么会，怎么会，泪流不止，都不知道侄子是什么时候走的。我像是一下被打入地狱一样，备受煎熬，心好痛，从来滴酒不沾的我，竟喝了两瓶白酒，醉得一塌糊涂。

玻璃桌子和我都倒在了地上，一根尖尖的玻璃扎进我的头顶。我的命也是真大，那天丈夫的朋友正好路过，看到屋里灯亮着，不放心，就进来看看。一看吓一跳，朋友一直没敢离开，等着我醒来，于是我又捡回一条命。

我清醒后给小叔子发了一条短信："能不能帮助我们渡过难关？请回复。也许你有难处，有苦衷，无论如何，回复只言片语，那可是你的同胞哥哥！"

两天过去了，我没等到小叔子的回复，我的心被撕得很疼。我们平时从没向他张过口，无论多难都没有。这次是遇到大坎儿了，无奈才张口，没想到他对待亲情淡薄到这般地步。儿子这时来电话，问父亲回家了没有，我只好如实相告。儿子说："妈，我来想办法，大不了公司关了，不能让爸爸受苦，也不能抱怨任何人，帮是情义，不帮也许是有苦衷，只有让自己强大起来，才能解决问题，才能让自己不受伤害。"不抱怨，靠自己！我被儿子的话语再次温暖和感动！

儿子是以德报怨的人，我从来没听他说过抱怨的话，他总能看到别人的优点。儿子的内心非常强大！这些年他承受了别人不能承受的苦难，难行能行，难忍能忍，在他身上体现得淋漓尽致。

民间教育家王凤仪说："找好处开了天堂路，认不是闭上地狱门。"儿子看谁都好，没有分别心。他敢于担当，好处给别人，责任自己担。只有自己苦过、难过、痛过，才能更深地体会别人的不易。

在儿子的帮助下，我们平息了这场信用卡风波，我丈夫免去了牢狱之灾。

下篇 ② 一切都是最好的安排

157

到北京陪儿子一起创业

"信用卡风波"之后，我们夫妻俩去了北京，一切从零开始。

慧宇公司在北京像素有50多平方米的办公室，我们去北京时，公司正准备搬到朝阳路财满街150平方米的办公室。儿子非常忙，让朋友去北京火车站把我们夫妻俩接到了邢艳家，我们在那儿一住就是半个月。我坐地铁去新公司附近找房子，几天后在离公司两站地的白家楼小区租下了一套一室一厅的房子，房东把卧室隔成了两间。小区很干净，所有的楼都只有两层，外墙刷的颜色都一样，环境很好。几天后，我们全家搬到了白家楼小区。非常感谢邢艳的帮助，感恩遇见，感恩关照！

正好那几天有一场两百多人的会议，我和丈夫都去参加了。儿子带领六七个人在短短几天之内打电话邀约了这么多人，我们真是佩服！他们没有物资车，只有几辆自行车。开会前，每个人都得拎几大袋子资料挤地铁去会场，很辛苦。

那天演讲的老师是从别的公司请的，虽然很专业，但他演讲时台下的人却打不起精神来，下半场甚至走了很多人。我心里有点着急，人家腾出时间来学习，总得让人家有所收获，觉得有价值吧！慧宇的家人们很辛苦才把人约到会场，看到这样的结果大家一定都很难受。关键是前半年公司一直在亏损，公司首先要盈利才能存活下去。

晚上，我们回到北京像素的办公室后，我和儿子商量："今后的课由你来讲吧？2006年、2007年你给直销团队培训的效果很好，这几年你一直做销售，每年都是冠军，免费演讲了上百场，而且演讲的内容都是有价值的、能帮到客户的。你来讲吧！"

翟青松老师也说："王琨老师，今后的课你讲吧！公司刚成立，请老师需要好多钱。"我说："重要的是，你做销售一直是冠军，讲销售课一定能行。"儿子答应了，不过还是有些担心，毕竟他在教育界没名气。

我说："儿子，这都不是问题，大师在没出名之前人们也不认识他，也不知道他是谁。记得2006年你给我们培训时，让大家写出最想说的一句话和最想成为的一个人。有一张纸条没写名字，上面写着'我相信你将来一定能站在国际舞台上演讲，帮助、成就亿万人！'这张纸条是妈妈写的，看笔迹你应该也猜到了。当时你一张纸条一张纸条地念，当念到妈妈写的这张纸条时，你异常兴奋，大声读了几遍。你说非常感谢给你这样的祝福，你会努力的！"

儿子讲课效果非常好。课堂上，客户听得很认真，基本上没有中途离开的，会场很安静。其实，没有一流的讲师，只有一流的观众，观众的支持和配合会给台上老师无限的灵感。儿子的上衣前胸、后背都湿透了，但他依然活力四射，激情万丈，忘我地演讲。课堂上笑声、掌声不断，气氛非常好！课程结束后，客户们踊跃报名，那是慧宇大半年来非常成功、非常圆满的一次课程。

晚上回到家，儿子非常兴奋地告诉我："妈妈，今天的课程很成功，客户非常支持，报名的人不少！这是我创业以来最成功的一次课程。公司终于盈利了。"

我说："儿子，这仅仅是开始，累累硕果在后面呢！在这之前的一切都是对你的考验和磨炼，以锻炼你的意志力，让你有耐心和爱心！特别是你刚创业就碰上了我们信用卡欠款的事。其实这也是上天对你的考验，你已经通过考验！等待你的将是满满的收获和意想不到的成果。儿子，你现在没有课讲，以后会有讲不完的课，妈妈相信你是最优秀、最有爱心的讲师！"

第二天，我写了一个"梦想板"，有三条内容：

1. 儿子，你现在没课讲，将来有讲不完的课。

2. 儿子，你要有属于你和公司平台的强大讲师团队。

3. 公司上市。公司不是你一个人的，你是创始人，慧宇是国家的，是众人的。将来因为你，很多很多的家人、伙伴、客户会生活得更快乐、更幸福！

祝福慧宇有更大发展！祝福奋斗在教育战线上的所有尊敬的老师们！是你们让更多有缘人更幸福，让世界更美丽！

母爱的力量

儿子和张龙老师每天早上7点前出发，晚上12点前很少回家，一天下来工作十七八个小时。作为母亲的我很是心疼孩子，我就想：除了生活上照顾他之外，我还能怎样帮他呢？刚来北京时，我想着安顿下来后就去找份工作，挣点钱，好让孩子压力稍稍小点，能在北京生存下来实属不易。后来我改变了想法：不找工作了，帮儿子吧！

北京每天都有大大小小的会议，我可以一边学习一边认识有缘的朋友。拿定主意后，我开始每天参会。有时一天参加两场会议，路上来回需要4个多小时，地铁、公交、步行（穿高跟鞋），一天下来也挺累的，但是我心里是喜悦的，因为结识了很多好朋友和优秀的企业家。刚开始几天，我晚上10点多才能回到家。丈夫很是牵挂，北京这么大，又是陌生的都市，我一个人出去他很担心。我笑笑说："没事，迷不了路，放心吧！"

我知道公司需要大量销售精英，于是就留意身边的年轻人，觉得不错的就跟他们沟通，让他们来公司应聘。需要人才就去寻找人才，需要客户就去寻找客户。

我来北京之前，我好朋友的女儿（就是现在公司的崔凯丽老师）正在济南念大学，我打电话给她，希望她毕业之后去北京发展。教育行业对人的成长很有帮助，销售能锻炼人的意志、提升人的沟通能力。每个人都需要成长和提升。年轻人就应该放手去做，不是要挣多少钱，而是要提升自己的能力，让自己更值钱，以便去创造更美好的未来！

通了几次电话后，凯丽老师决定来北京发展，我说："先不要告诉你爸爸，因为我做直销时他不理解，对我有点成见，别影响你的发展。等你做出成绩再告诉你爸爸，那时他就会接受了。结果不会骗人，也会消除成见。"

四年后，凯丽老师的父母参加了慧宇的"经营能量"课，三天下来他们很兴奋，也受益匪浅。他们很认可王琨老师，说："年轻人真不得了，讲得真好，所有人都应该来学习一下，谁来谁受益！"他们也非常支持凯丽的工作，逢人就自豪地说："我女儿在慧宇公司工作！"

会议结束后，他们在舞台上合了影，还购买了王琨老师所有的书并带回了家。凯丽老师的母亲跟我说，学习后她的变化很大，还经常和身边的人分享心得，他们的夫妻关系也更和谐了。凯丽老师的父亲参加了几次"经营能量"和"家族能量"课后才知道王琨老师原来是杨千户村老王家的儿子，他问妻子："你早就知道了，是吧？"她们母女都笑了。

凯丽老师非常优秀，是一流的主持人、销售冠军，也是慧宇公司的元老，还找到了幸福伴侣——销售精英李阳老师。

凯丽老师的爸爸不但没埋怨我请凯丽来北京，还当面感谢我，说我了解他，如果当时知道是我儿子的公司，他是不会同意的，会亲自来北京把女儿接走。他说我有智慧、有远见，对我的成见也消除了。

成为慧宇最早的合作伙伴

我坚持参加会议，认识了好多朋友。他们有需要提升沟通能力的，有想学习演讲的，我都邀请他们到慧宇的体验课来体验，没想到很多人报了名。大家特别认可王琨老师，说他讲的课内容非常实用，他们非常需要这样的课程。事后他们还纷纷给我打电话感谢我，说我给他们介绍了这么好的老师，他们非常受益，还要给我介绍朋友。我非常感谢他们。

后来，张龙老师跟我说："姨，您的客户都是咱们课程的目标群体，您热情、亲切很适合做销售，虽然公司有规定不许直系亲属加入，但您可以做公司的合作伙伴。"

我自己没想赚多少钱，我的想法很简单，就想帮帮儿子。儿子创业非常不容易，我有一点点力量能帮到公司也是非常开心的，只希望公司发展得越来越好。后来，我成为公司的合作伙伴，每天按时上下班，和家人们一起打电话邀约客户。

我是没有底薪的。和客户联系，公司的员工用的是公司的电话，我用的是自己的手机，因为我不是公司的员工。合伙人的合同与制度很完善！我听王琨老师的任何课程，都是先刷卡办好手续才入场。

几年下来，我跟随王琨老师学习了很多课程，成长了很多，销售做得很好，客户也越来越多，他们都亲切地喊我姐姐。

在会场学习，我喜欢坐在前排，这样学习不受影响。我像个小学生一样专注，像孩子一样单纯、简单！参会学习时我是学员，回到家我才是母亲。

参加"演说能量"课最早的明慧老师和我是一期的，我是队长，谁也不知道，谁也想不到，我是王琨老师的母亲。

"一代天骄"的义工

"一代天骄"刚开课时，工作人员少，我就主动申请做义工，连续做了六期。有一期开课时我得了重感冒，丈夫说这期别去了，感冒这么厉害。我说我一定要去，吃过药了，很快就会好。各位父母出于对慧宇、对老师的信任，把孩子交给慧宇，我们必须服务好孩子，照顾好孩子，让孩子们愉快地学习、成长。

孩子的改变很容易。一句话、一个故事，都有可能让孩子受益一生。我做了几期义工，发现孩子们都很可爱、都好学，他们积极主动回答问题，在舞台上跳舞、演讲，像花儿一样绽放！就连第一天刚来上课时说话声音小得听不见、不敢举手、需要抱着上舞台的一个小女孩，到第三天时都敢站在桌子上举手了，当老师说需要几个孩子上台，她也是最快冲上讲台的，变化非常大。老师会赞美、鼓励孩子，"你的声音很好听，如果能再大声一点让大家都能听到就更好了！"在老师的认可和鼓励下，孩子瞬间绽放，自信心提升了！

看到孩子们成长，我也很开心，特别有成就感。慧宇能帮助更多的孩子在成长的路上更优秀，能帮助更多家庭更幸福！我为自己是慧宇人，而感到无比自豪！

我身兼数职，白天是助教，帮助孩子们学习，晚上是保安，定时巡视每个房间。做义工很累，六期下来，我瘦了六斤，却感觉年轻了几岁，没想到工作还有瘦身、美颜的作用。我非常喜欢孩子们，天天跟孩子们在一起，我自己也多了些孩子的童真和可爱。孩子们非常喜欢王琨老师，课程结束后都恋恋不舍，知道有复训后都约好复训再来和老师相聚！

"一代天骄"课程第四天是父母和孩子共同学习的时间，内容是感恩教育，父母和自己的孩子面对面坐着。老师讲到父母的养育之恩，讲到父母给予孩子生命，父母的恩德比山高比海深，因此孩子对父母感恩、孝敬是理所当然的事，孩子要用自己的行动来表达对父母的爱。父母送给孩子最好的礼物是成为孩子的榜样，孩子送给父母最好的礼物是荣耀。父母要想让孩子孝顺，先要自己孝顺父母，让自己的孩子看到、听到、感觉到应该如何对待父母。这就是言传身教！

孩子们听课后，更深刻地懂得是父母给了他们生命，是父母辛勤地养育他们，他们的成长凝结着父母的心血，所以他们要牢记父母的恩情、感恩父母！课上老师带孩子们大声说："父母养我小，我养父母老，我为父母养老！"孩子们哭着给父母磕头，诉说着、忏悔着自己的过错。

父母学习"父母能量"课后，也知道了今后怎样做智慧的父母，知道了怎样引导孩子。幸福喜悦的泪水流淌下来，他们拥抱在一起，心中的结瞬间打开了，亲子关系更好了，家庭更和谐了！

我做义工时每到这个环节，眼睛都哭得红红的，很感动！做教育非常有意义、有价值！

我的初心是帮儿子，谁曾想却成就了自己，这份成长是多少钱都买不到的。

三个"不能等"

我对三个"不能等"很认同,也想和大家分享一下心得。

第一,教育孩子不能等。无论你事业多么成功,都弥补不了教子失败的缺憾。教育孩子,此生只有一次机会,最重要的是对孩子做人、品德、心性方面的教育。

第二,自己的成长不能等。所有的问题都是自己的问题,成长的过程是痛苦的,成长之后是喜悦的。多付出,成长机会就会多。最重要的是跟谁学,要跟对人、做对事、说对话。

第三,孝敬父母不能等。父母渐渐老去,让父母健在时看到你有所成就,看到你成就别人,让他们安心!

儿子有了点小成后就给家乡修了路,我回家时走在这条路上心里是满满的自豪感。原来的路一到下雨天就特别难走,现在下雨天也好走。村里健身活动的地方,一下雨,几天都干不了,影响大家活动,儿子把这个地方也修整好了,雨一停大家就可以来这里锻炼身体,大家都很高兴。

婆婆习惯了农村生活,哪里也不愿意去。老家的土坯房子几十年了，因为盖得比较早，地基低，下雨时街上的雨水会倒流到院子里，下大雨时雨水还会流到屋里。

　　老人到了雨季就害怕，屋顶有时也漏雨，平时多亏了在老家的哥哥们和妹夫跑前跑后地照顾。儿子回老家后和奶奶说，不愿意去外地生活，可以在城里给奶奶买套房，住着舒服。老人家说住不惯，还是愿意在家里住。看老人实在离不开老家，儿子说："奶奶，那我就给您盖新房吧，这样就不用担惊受怕了。"

　　他给奶奶盖了五间大瓦房，还垒了院墙，装上了大门，老人很满意。奶奶住在宽敞明亮的房子里，生活很安心，也很高兴。儿子还给奶奶买了电暖器，冬天打开，屋里很快就暖和了。看到儿子替父母尽孝，我心里很高兴，也很感恩。让老人安心就是孝。老人家在新房里住了两年多，走的时候像睡着了一样，很安详。我们夫妻常年在外地，难得回家尽孝，我们非常感谢妹妹和妹夫这么多年对老人的细心照顾。

爱谁就把谁带上道

  2018年9月份,女儿、丈夫和我一同到非洲参加"生命能量"课。2019年4月份,我们又带上80多岁的父亲和我们一起进行埃及的生命之旅!我们看到那里有些孩子上不了学,我们发现深陷苦难的人遍地都是。世间万物都有生命和灵性,我们看到小、弱、病、残,立刻心生悲悯。我们也庆幸,自己生在中国是多么幸运和幸福。

  前几年,老父亲和我们一家一起去了迪拜,这是老人家第二次出国。父亲很开心,他脚步轻盈、身体健康,比我走路还快。

  出国之前我哥说,父亲岁数大了不能远走,怕有什么闪失,但父亲却说愿意出去走走,不然以后更没机会了。王琨说:"及时了愿,不留遗憾。"就像他给奶奶在老家盖房时,他姑姑也跟他说:"你奶奶这么大年纪了,花这么多钱盖干吗,我们将来也不一定住,没人住就坏了,多可惜!"可王琨不这样想,他认为孝顺不能等,也不能在老人身上省钱!他奶奶在新房里住得特别开心,离开时很安详。这就是及时了愿,不留遗憾。

  儿子给姥爷在城里买房时,我也说:"将来我们也不回去,谁住啊？"儿子说："老人多住一天，舒服一天，这就值了。"儿子的孝心让我感动，我当时不理解孩子的想法，现在想想很惭愧。

我参加完两期"生命能量"课程后，收获巨大。我记得在非洲上"生命能量"课时，我明白了除生死之外，其他事都是小事，还有什么事放不下、想不开、忘不了呢？

我学佛多年，很多事都不明了，但那一瞬间像是打游戏通关一样，一下子就顿悟了！我拥抱着儿子号啕大哭，流下幸福的泪水。感谢儿子，妈妈活明白了！妈妈今后的人生会更幸福！

人有两个命，一个是生命，另一个是慧命，就是智慧之命。人活明白了，有智慧了，才是幸福的人！体悟到天地万物的自然规律，去遵循，你会发现时时美好、幸福！

女儿的成长

相对来说，女儿稍让我们操心，我们有时喊她"讨债鬼"。我生气她就高兴，我高兴她就不高兴，这话是女儿小时候自己说的。后来女儿成长了，在一次分享中，她说："我以前不懂事，老让妈妈生气，不懂感恩，其实妈妈每天很辛苦。妈妈善良、勤劳、孝顺，从她身上我学到了很多，谢谢妈妈，感谢父母的养育之恩！妈妈不记仇，别人对她不好，她还是一直对别人好。天快冷了，妈妈让我骑自行车回家给奶奶送电热毯和棉袄，舍不得让我坐公交车。我开始不理解，也不情愿，路太远，骑自行车挺累的。现在我明白了，妈妈是为了锻炼我的毅力。妈妈我错了，以后我再也不让您生气了，我不再是'讨债鬼'了，我和哥哥一样是来报恩的，妈妈，我爱您！"

女儿在台上哭，我在下面哭，我听完孩子的分享好感动、好欣慰。孩子懂事了、长大了，讨债变报恩了。身体的成长需要点滴积累，心智的成长一日千里。无条件地爱孩子，温暖孩子，不仅要言教，更要身教，金钱解决不了的事情唯有爱能解决。

女儿每年过生日时都会向我要礼物，有一年她生日的那天早上，

生命的喜悦

她跪在我的床前，笑眯眯地背着手。我还没起床，看到女儿跪在地上吓了一跳，问她是不是闯祸了。她说："不是的，今天是我的生日，我给妈妈买了一双红色的皮鞋。我要给妈妈磕头，感谢您给了我生命，把我带到这个世界上。今天是女儿的生日，也是妈妈的受难日，我应该送妈妈礼物，感恩妈妈，您生女儿时差点失去生命，我差点就没妈了。我平时不知心疼您，还老让您操心、生气，对不起，妈妈。"

我们母女拥抱在一起，任幸福的泪水流淌。从那以后，女儿像变了个人，不再发脾气、耍性子了，性格温顺了很多。

感恩儿女选择我们做父母，我们一起经历、体验了很多事，儿女慢慢长大，变得懂事、孝顺是我们最大的骄傲。

帮助师兄解心结

我把 2019 年 11 月 24 日到 26 日将举办"家族能量"课的信息发到了朋友圈，吸引了两位师兄（佛友）的关注。她们在我朋友圈看到"家族能量"课有那么多教育界大咖支持，也报名了，我真没想到她们能来参加。

佛正师兄主动联系我，要求来学习三天。这三天，她认真听讲，认真做笔记，给予课程高度评价。回到房间，我俩交流到深夜一两点钟还没有睡意。从交流中，我了解到这次她能来参加"家族能量"也是机缘巧合。

佛正师兄是一个很能付出的人，她家是北京房山的，自己有一个将近两亩的小院，奉献出来做了道场，已经十年有余。如果他租出去的话，一年也有十几万的收入。平时有啥脏活累活她都抢着干，心甘情愿为大家服务，有时几十口人吃住需要安排，没有足够的爱心和耐心是根本做不到的，难得的是，她每天还能笑呵呵的。我们夫妻去过她那里几次，师父去房山开法会，也在她那里待过。道场的房子破旧得实在没法住人了，师兄打算筹款翻修，6 月份动工，随盖随筹款（我也贡献了自己的一点心意）。

师父也帮着筹款，还感召全国各地的爱心人士和佛友捐款。11月中旬，二层的小楼基本完工，接下来还要装修一下。翻修道场可把佛正师兄累坏了，6个多月一直盯着，不仅要操心，自己还要跟着干活。佛正师兄忘我地付出，服务大家，让大家受益。

只是没想到，翻修道场却引来一场风波。说什么的都有，一些负面的评论像大雨一样落在佛正师兄身上。劳累、缺钱没有压倒她，负面言论却让她的心很疼。不是说你做好事、善事，人们就会认可你，不但有人不理解你，甚至有人恶语相加。做善事也要承受很多意想不到的恶意，即使这样，你也要继续善良地往前走。

这些言论把她压得透不过气来，她理上明白，但事上过不去，心里很难过，甚至有了轻生的念头。她虽是修行中人，但有些事也需要过关。听了三天的课，师兄释怀了，说感谢王琨老师把她所有的问题都解决了，这次来学习的意义非同一般，也是佛祖菩萨慈悲，把她引领到了王琨老师的课堂，解除了她的困苦，让她一下子就把那道坎儿迈过去了。

她再三嘱托我，一定要替她向王琨老师表达感谢，她的所有问题都解决了。

师兄说她以前是做人力资源工作的，管理过很大的团队，经常参加培训，对培训行业的印象并不好。但通过这三天的学习，她对这个行业有了新的认识，特别是王琨老师的"家庭教育"，谁听谁受益！她还说在全中国讲"家族能量"课的老师没几个，这些都是老祖宗留下来的好东西，要好好传承。

张立新师兄是我的邻居，她是个大忙人，生意做得很好，人也很好，早有心想听王琨老师的课，这次也来到了现场。她在42组，学习时间很紧，我也没好好照顾她。她给我发了信息，给予王琨老师高度评价：王琨老师讲课挥洒自如，幽默风趣！最让她感动的是，老师传承的是一个理念，这个理念是吸取了中西方优秀文化，以及世界上最优秀家族的家训、家规等。这对我们整个家庭的工作、生活、学习都有正向提升的作用，对所有人向上向善，都有帮助。她非常感谢我邀请她来参加这次"家族能量"课，她觉得收获非常大。

实现父亲的愿望

2014年，儿子给我们夫妻俩报了去三亚的旅游团，起初丈夫还不愿意去，一怕走路，二心疼儿子花钱。儿子就做爸爸的思想工作，说："爸，你们就是我努力的动力，出去走走看看，体验一下海南的美好风光吧！"儿子还说："你经历什么、体验什么，你就是什么！要多去经历和体验。"

丈夫被儿子说动了，于是我们夫妻俩一起去了海南，到三亚的酒店住下来时已是黄昏时分。我们站在房间的阳台上，看着远处无边无际的大海和近处的花草，呼吸着新鲜空气，兴奋得像孩子一样，真是人间仙境！如果不来太遗憾了，海南真美！丈夫陶醉了，我随手拍了照片发给儿子。儿子看老爸如此开心，他也很高兴，很有成就感。他通过自己的努力，有能力让父母出去观光旅游了，儿子还说以后每年都让我们去几个地方！

七天里，丈夫一直很兴奋，并说："这地方真好，是个养老的好地方！如果将来我们能在这里养老，那将是人生最美好的事。"我偷偷地把丈夫的话告诉了儿子。儿子笑笑说："想法很好！"

半年后的一天，在唐山举办的"经营能量"课结束后，儿子突然跟我说："妈妈，咱们一起去海南看房子，喜欢哪儿就在哪儿订一套。""啊？"我愣了一下，儿子把爸爸随口说的话记在心里了，我感动地说："好！好！"

2015年上半年，我们和儿子一起去了海南陵水。那里景色宜人，房子建在半山上，后边靠山，前面是海，在阳台上就能看到大海，美极了。我们母子都喜欢那里，就在那里买了一套房子。2016年春节，我们就住进来了。丈夫很感动地说："儿子真是有心，我随口说的话，儿子竟然给实现了！"

入住几年来，丈夫很喜欢这里，也适应了这里。这里是天然氧吧，四季如春，他连夏天都喜欢住在这里。

迪拜之旅

2015年9月2日至7日，儿子带着我们夫妻俩、我父亲、我外甥青松一行五人去迪拜旅游。除了儿子，我们都是第一次出国，我的老父亲甚是喜悦，脸上挂着笑容。儿子给三位长辈订的是头等舱，他和青松坐的是经济舱。我的老父亲在飞机上很兴奋，高兴地说："飞机上还有这样的座位，还能躺下休息。"我们都很开心，一点儿也不觉得累。飞机穿过云层，我看到一朵朵的白云，有的像山，有的像花儿，真漂亮。老爷子像个孩子一样，对一切都充满了好奇，不停地询问飞机飞行的高度等各种问题。人们都说老人像小孩儿，看起来还真是。

到达迪拜后，我们入住的是亚特兰蒂斯酒店。这是我们第一次出国，第一次入住豪华酒店。酒店的电视节目都是外文的，既然看不懂，那不看也罢，好好休息，接下来还有好多地方要去游览呢。参观阿布扎比清真寺时，女士除了手和脸，身体其他部位都要遮得严严实实的，最好用丝巾把头和脖子都围起来，男士穿长裤和短袖就可以，进入清真寺内需要脱鞋，要把鞋子放在外面。阿布扎比清真寺很豪华，墙壁和地板上都镶嵌了玉石，导游介绍说：大殿上的灯价值几个亿。真是长见识了。我们去了世界第一高楼哈利法塔，观看了迪拜的全景，真的很美、很壮观。当时是9月份，迪拜的天气很热，当地温度在36℃~37℃，最热时能到43℃。

迪拜是阿联酋人口最多的城市，人们的素质也很高，行人走在马路上，汽车远远的就会停下来，让行人先通过。导游说，这里的很多东西都是用船从别的国家运过来的，包括水果、食物等。船到达码头卸下货物，放一晚上没人看管也不会丢。我们去游泳时，看到很多当地人把手机、钱包等贵重物品随手丢在躺椅上就去游泳，没人怕丢。

我们还体验了无人驾驶轻轨动车，女士坐在前面，男士会自动坐到后面去，真是新鲜。最后两晚我们住在迪拜的帆船酒店，儿子又给了我们一个惊喜。房间特别豪华，在房间里隔着玻璃窗能清楚地看到美丽的大海。这个酒店建在海里，真的不可思议，在走廊上都能看到一层大厅有潺潺的流水和五颜六色的灯光。

老父亲更是兴奋，一点儿也不觉得累，瞧瞧这儿看看那儿，开心得不得了。晚上，儿子给姥爷放好洗澡水，清香的气息、温暖漂亮的泡泡和自动按摩的浴缸，两个外孙给姥爷洗澡、搓背，让老爷子高兴得合不拢嘴。老爷子说："真是太享受了，真好，没想到这辈子还能在如此美好的地方住上两晚，这辈子没有白活，就是走了也不冤了，真是想都不敢想！"老人问儿子住一天多少钱。儿子笑笑说："姥爷，没多少钱。"儿子怕我们心疼钱就没说，我们也知道肯定花了不少钱。这是儿子的一片孝心，那我们就好好体验，好好享受吧！

第二天早餐后，我们在沙滩上拍照，身后就是帆船酒店。我现在回想起来，心里还是满满的幸福。儿子在课程中说，我们要懂得自己努力奋斗是在跟父母的年龄赛跑，加倍努力，是为了让父母早点过上好日子,别等到"树欲静而风不止,子欲养而亲不在"。成功越早,让父母享受得越早,多带父母出去看一看、走一走。他们不是不愿意出去,是怕你花钱,心疼你。儿子给我们买东西,从不告诉我们多少钱,怕我们心疼,都是直接买回来。他心细,知道我们需要什么,喜欢什么。

  生命就是不断地去经历、去体验,把美好播种在心间,等老了回忆起来也会沉浸在美好的幸福之中。感恩儿子给我们经历、体验的机会,这次迪拜之旅我终生难忘。有机会要多出去走一走,看一看,这世界神奇而美好,也许你的所见所闻会改变你的一生呢。把一切美好种在心间,种植美好,一定会收获美好。

学习让生命更圆满

我儿子一直走在传播大爱的道路上，一年有 200 多天他不是在演讲的路上，就是在讲台上，他的行程排得满满的。儿子是零基础学英语，可以想象他需要付出多大的努力。近一年的时间，他坚持打卡，在高铁上、飞机上、出租车上，都可以看到他在学习。这种超人的学习精神、毅力，让人感动、佩服！

儿子独立得早，他在生活中学习和实践。独立是最好的成长，"不经一番寒彻骨，哪得梅花扑鼻香"，能力越大，责任越大。他的所有课程，我百听不厌，每次都有不一样的收获。很多学员被他强大的气场所折服，而他光鲜亮丽的背后是他艰辛的付出、丰富的积累、充分的准备。他为慧宇聚集了更多的人气，慧宇也一步步成长壮大，成为中国家庭教育领域的知名品牌。

儿子确实太忙了，陪伴我们的时间也很少。2019 年春节，儿子是和我们在一起过的，他们父子俩有说不完的话，他老爸边擦眼泪边说："儿子，爸爸想你，你累吗？好好歇几天吧！"儿子笑笑说："小爱爱自己，大爱爱天下，很多人需要我，因此我不能时时陪伴双亲。看到更多家庭和孩子成长、改变，并获得幸福，我再累也值得！"

看到儿子从一个只有小我、小爱的孩子，成长为拥有大我、大爱的人，我们作为父母还有什么比这更开心的呢？儿子无论多忙，无论在哪里，都会记得父母的生日，都会送上祝福和生日礼物。"母亲节""父亲节"也是第一时间送上祝福、礼物和鲜花。我们真的很幸福！

在儿子的影响下，我们夫妻俩在家里也每天学习，不断成长，我们要紧跟儿子的步伐！我们每天生活得很充实，学习、打乒乓球、练瑜伽，生活很规律。虽然忙碌，心却平静。

家族兴旺，我的责任！

儿子不仅自己学习，还带动整个家族学习，后来把每年11月的24日、25日、26日定为"家族学习日"，届时会邀请王氏和娄氏两大家族的亲人前来学习"家族能量"的课程，学习结束后还会组织大家旅游。人们平时难得聚在一起，"家族学习日"让大家有了一个相聚的好机会。

2020年11月26日，第四届"家族能量"课程结束。我和先生一届不落地参加了四届"家族能量"课程，每届都有收获。

我83岁的老父亲也连续参加了四届，他每次都认真听讲，还做笔记，并上台发言。老爷子听课一坐就是一天，并坚持上完全部课程，很有定力，给全家人做出了榜样。

另外一个让大家特别感动的人是我的亲家母。她几十年没出过远门，连火车都没坐过。在我的劝说下，她从东北老家到哈尔滨坐火车到了我们老家山东临清。然后她和我们两个家族一起去曲阜学习"家族能量"课程，还在我们家族会议上发了言！

从来没出过远门的人，这一次也踏上了学习之路，还敢站在台上发言，我感觉这次学习对她的影响很大。她也说，要把学到的东西带回东北老家，告诉更多人，她明白了家族能量、家训、家风的重要性！

我们非常感恩儿子发起"家族学习日"，让我们每年都能和王氏、娄氏两大家族的家人共同学习、共同成长，团聚的时光值得大家珍惜。我们还要感谢儿子出资组织两大家族旅游，晚上开家族会议时，每个人都上台分享成长的喜悦和收获，这个环节特别好。

这次我们还特别邀请了我们村的党支部书记和村主任参加"家族学习日"活动，村支书还说要把学到的东西带回家乡，带动家乡人民向上向善，为让更多家庭更和谐而努力。

第一届"家族能量"课程开班时，儿子拿出十万元作为启动资金，为两大家族设立了三大基金——创业基金、教育基金和医疗基金，用来帮助家族中困难的家庭渡过难关，让家族更有凝聚力。

王琨讲"心缘"，说并不是因为是一家人才能够一条心，而是因为一条心才能够成为一家人。再难的事，只要家族的人心在一起，全家族就能一起成长和前行。

未来的家族兴旺绝不是一个人的崛起，而是一群人的崛起；一个家族要有自己的家规和家风，一个家族想要成为旺族，需要大家一起努力！一个家庭的兴旺是由父母的觉醒开始的，一个家族的兴旺是由一群人的觉醒开始的！

通过学习，家人们都明白了，家族兴旺是每个人的责任，而不是某个人的事。家人们还自愿向家族基金注资，真是众人拾柴火焰高，大家越来越团结，形成了一个有凝聚力的整体。

通过三年多的努力，大家编制出了族谱和家规等，以便把家族的传承、祖宗的优良传统留给子孙后代。

家族兴旺，是我们每个人的责任！

第七章

"生命能量"感悟分享——精神圆融

无论你出现在哪里,都是一束花,温暖芬芳,给人们带去希望,给人们带去喜悦。

灯与智

第三届"生命能量"课程是在贵州举办的。我从贵州回来就开始整理笔记,以便更好地消化、吸收课程内容,并践行。

一灯可化千年暗,一智可解万年愚。从"生命能量"的课程中我找到了那盏"灯",也获得了那个"智"。王琨老师就是那指路的灯塔,照亮我前行的路。我是王琨老师的铁杆粉丝。老师在我心里点亮了一盏长明灯,不仅照亮了我自己,还可以温暖别人。曾经的迷茫、疲惫、灰暗、痛苦、纠结,经历过的苦难、坎坷,让人感觉生活中充满了跌宕起伏的故事,有精彩的也有黯淡的,它们汇聚成了我的前半生,是我的生命在苦难中的真实呈现。

在"生命能量"课程中我找到了那个"智",我瞬间明白了,原来任何苦难、坎坷都是上天让我觉醒的宝藏,一切磨难都是来成就我的。称心的事是恩典,不称心的事也是恩典。生命往往是通过一件一件不称心的事,一点点走向成熟的。

我从灵魂深处感恩王琨老师,他是我指路的灯塔,照亮我后半生前行的道路。

学以致用

如果学了知识不能应用在生活中,那等于白学,对你的生命没有任何益处。我要用"生命能量"去指导我的生命,去指导我的生活,让我的灵魂有个支点,让我的生命有所守候,让我在这喧嚣的世界里活得精彩!

爱是相濡以沫的支持和理解。理解亲情,要学会感恩与回报亲情。理解友情,要用坦诚、宽容去包容、守候,用热情去化解矛盾,互勉互助。理解爱情,要经得起漫长的等待中的寂寞,要看得出唠叨里隐藏的关爱。理解多了,抱怨就少了,爱也就浓了。面对相守一生的感情,一定要珍惜!

在这里,我要向先生真心忏悔。结婚30多年来,我对你的种种不满意、抱怨、不理解,让你心里不舒服,让你无法承受,请原谅我在迷失中的所作所为吧!我们是经历过生死的夫妻,经历过生死的夫妻关系最牢固,无论怎样都不离不弃!

从自身找原因,一想就通了;从别人身上找原因,一想就疯了。高度不一样,胸怀和格局就不一样。当了解到有些人是被他们自己的嗔恨所控制时，知道他们是陷于恶习之中无法自拔时，我们就会比较容易原谅他们令人恼怒的行为。

没有觉悟的人生，活100年也等于白活。现在的我已经醒来，再也不那样了，醒来真好！一个生命的觉醒，就是他对这个世界最大的贡献。

践行

现在的我更理解生活了，以前的成功和失败已经不重要了，毕竟活得轰轰烈烈的人是少数，要学会用一颗平常心去对待过去。在因上努力，在果上随缘！

只要方向对了，快与慢都会到达目的地。人生不能太急躁，因为人生不是短跑，只靠瞬间的爆发力是不行的，人生就像一场长跑，靠的不是爆发力，而是持久力和忍耐力。

忍耐很重要！不再犯错很重要！让自己时时觉察，对自己有更高的要求，让自己用更高的智慧去过今后的每一天。

有一天，我去交网费，负责收钱的大姐说："你今天咋这么高兴呢？你的状态特别好。"我说："我每天都这样，有什么理由不高兴呢？"她说："你真的不一样，给我的感觉非常好。"

践行也需要一点点地去积累，一点点地去要求自己，不可能一下子做到，慢慢来。

我的大愿也是让自己活成一道光，照亮别人，也温暖自己和有缘人。我的后半生要活得更精彩！

开悟与修行

有一年农历八月十九日晚上,我在阳台上发呆,看到月亮又大又圆,一会儿被云层遮盖,一会儿又出来了,想到人生何尝不是如此呢?

佛家说,人很苦,没有几天好日子过,没有永恒的乐,都是一半一半。一半白天,一半黑夜;一半凡夫,一半佛。真正的大乐、大自在、大智慧、美妙和解脱都在"生命能量"里。

所以说,善良而没有智慧的人生,是又苦又累;善良且有智慧的人生,才有滋有味。

争取每天活出生命最美好的状态吧!

为了更好地吸收并践行所学的课程,我给自己定了以下几条规矩:

1. 每天早上喝一杯温水,吃一片姜,一直到终老。

2. 每天静坐30分钟,一直到终老。

3. 每天争取看传统文化经典图书2个小时以上,坚持学习,持续成长。

4. 争取每年至少参加一次"生命能量"课程。

5. 每年辟谷两次，70岁后每年辟谷一次。

6. 每天健步行4000步左右，或者打1小时乒乓球，或者练习八段锦。

7. 每个月耗尽体能三次。

人不是因为知道而改变，而是因为触动而改变。

"生命能量"触动到了我灵魂深处的那个本我，使我从沉睡中醒来，活得无比喜悦。

阳光下，植物自然开放，光明中的生命自然开悟。王阳明临终时说："此心光明，亦复何言！"

如果你能不被赞誉所蒙蔽，不被批评所打击，就会有无穷的力量，就会非常自由，就不会有不必要的期待和恐惧。不去追逐他人的接纳，也不去逃避他人的排斥，而是珍惜此刻所拥有的一切。

我们仍然会有情绪，但它们不能再戏弄我们，蒙蔽我们；我们仍然会堕入情网，但没有被拒绝的恐惧。如此每一天都是特别的一天、美好的一天，能量满满，智慧无限！无论你出现在哪里，都是一束花，温暖芬芳，给人们带去希望，给人们带去喜悦。

孤独

有人说我儿子很忙，我说是的，我们见面基本上都是在课堂上。我们母子相视一笑，都能懂对方，不用多言。在课堂上，我们的身份就是学员和老师，没有母子之说。我的角色转换得很快，转换得很好，人生本身就是在很多角色中不断转换。

我明白，忙是对生命的释放，闲是对生命的修复，闲能让生命更加充实，忙能让生命更加有意义。人忙心不忙，是真正有智慧的人，儿子就是如此。

有人说，王琨老师很孤独吧！说到孤独，我也有同感。我和先生常住海南，在小区里大半年都很难看到邻居们。天气热了，大家都回老家了。除了小区的环卫工人、绿化工人外，几乎没有什么人了。常有和我年龄差不多的人问我："没有认识的人，也没处玩、没人聊天，多无聊。你们是怎么过的？不寂寞吗？怎么能待得下去呢？"

我认识一个常住湾区，给亲戚打理院落、看房子的大姐，她也这样问。我说："姐姐，你可以学习打乒乓球，这样又开心，时间过得又快。"她说："我不会打。"我说："我可以教你。"她说：

"我没有拍子。"我说："我家有两副，我送你一副。"就这样，我陪着姐姐打乒乓球。姐姐有时候不好意思，她说："老让你捡球。"我说这样既锻炼了身体，又开心，多好！她从开始连发球都不会，经过两个多月的练习，已经打得很好了。我不去，她也有伴儿了。我感觉特别有成就感。

要想和别人打成一片，就要给别人希望，给别人信心，给别人鼓励。她找不到伴儿的话也会给我打电话。看到姐姐开心，我也特别开心。

我也体会到了儿子的孤独，孤独是一种常态，也是一种享受，学会享受孤独才是正确的人生姿态。其实你的强大来自你的孤独，孤独能让一个人活得更加清醒和坚韧，变得越来越强大！越孤独的人越优秀。

孤独是一份心境，是无所外求的精神圆融。凡是那些才华横溢有所作为的人，都是会享受和利用孤独的人。孤独时积蓄能量，终将绽放出属于自己的光彩。

人唯孤独，方能出众。

当我们不用去迎合别人，我们才有更多的时间与自己对话，有更多的精力认真地审视自己，让自己成长。独处是美好的体验，能让心灵与生命充实，孤独也是在沉淀自己。

希望凡是看到我文章的人，都能够瞬间得到喜悦、安详！这才是我生命的意义和价值。

爱华希望小学落成典礼

2020年11月29日，我们从北京首都机场出发，和慧宇公司的四位领导一起前往江西省赣州市，到酒店已经是晚上11点多了。第二天早上8点30分我们起程赶往兴国县兴江乡，参加慧宇爱华希望小学落成典礼（我们夫妻名字的最后一个字合在一起就是"爱华"）。山路弯曲，大约10点左右我们才到达学校。那天特别冷，刮着小北风，校长及政府领导接待了我们。孩子们穿着校服，整整齐齐地坐在操场的凳子上，迎接我们的到来。有的孩子穿得很单薄，身子微微发抖，让我们很是心疼和感动。我们一行人坐在前排的座位上，我和先生分别在希望小学落成典礼上发言，还接受了电视台的采访。电视台的记者问我们：为什么要捐助希望小学？

我们的初心是：当年我们因为生意失败，供不起孩子读书，儿子被迫辍学，给我们留下了深深的遗憾！当时儿子是多么羡慕能读书的同学啊！所以我们发愿有生之年一定要捐一所希望小学，让孩子们在窗明几净的教室里学习，儿子得知我们的愿望后帮我们达成了心愿，并以父母名字的最后一个字给这所小学命名。希望孩子们珍惜读书的机会，好好学习，好好做人，学会感恩，长大之后成为国之栋梁，回报父母、师长、社会、国家，做一个有利于社会的人。

典礼结束，已经是上午11点多，校方准备了午餐，但为了不给校方添麻烦，我们婉拒之后直奔高铁站，准备到南昌坐飞机回北京。

我们在高铁站买了点饼干、面包、方便面，看到张龙、王康、宋涛、王琨开心地吃着，回想起他们创业时的情境，我心想：2020年何尝不是第二次创业呀！虽然一路奔波，天气寒冷，但大家心里很快乐！独乐乐不如众乐乐，做个经常给予别人的人（手心向下的人）是幸福的！

非常感谢海潮老师，他带领湖北分公司的一行人，开车7个多小时前来参加活动，见证了慧宇爱华希望小学落成典礼，还奉上了爱心，为校方捐助了7张办公桌！谢谢你们，感谢所有付出爱的伙伴们！

大家的爱心给寒冷的冬天带来丝丝温暖，我们在兴国县兴江乡度过了有意义而美好的一段时光！在此我呼吁更多的爱心人士加入，让我们一起奉献爱心，让世界因"我"而美丽！

我希望自己能活成一道光，照亮更多人，行在光里，活在爱中……

后记

老了也要老得漂亮

　　回想这大半生走过的路，回想起身边的亲人、朋友，回想起曾经的经历，不管是痛苦、忧伤、挫败，还是幸福、快乐、成就，都已过去了。从现在开始，我要保持好心态，坚持良好的生活习惯，爱自己，爱家人，善待身边的人！有一颗向上向善、豁达的心，做一个漂亮、温柔、慈祥的老人。这样长寿才有意义！

　　我要继续保持爱学习和传播正能量的习惯，年龄可以老，心灵、观念不能老。因为时间改变的只是容颜，改变不了的是真诚、纯净的心！我要热爱生活，珍惜生命，管好自己，不让孩子们担心。我要尊重身边的每一个人，照顾好自己，照顾好老伴。我要在书桌前看书学习，在湾区练瑜伽、唱歌、打球，精心布置房间，修剪花草，爱它们的芬芳。

　　今后我也许会牙缺、耳聋、头发白，但是曾经的伙伴还在身边，还可以和老伴牵手走在夕阳下，相拥而笑。既然没办法避免衰老，那就每天开开心心、快快乐乐，活出精彩的自我！

　　老了也漂亮，才是老年人最大的智慧！让我们每个人都活得快乐、健康、漂亮！

娄东爱
2020.12.30

学习，成为更好的自己

现在，我感受到了人生最大的乐趣和喜悦，那就是学习。到现场参加会议、在手机上学习等，有很多渠道可以学习。每一次的学习都让我有不同的感悟和收获，我明白了人不但要爱自己的身体，还要取悦自己的灵魂。人要学会摆正自己和他人的关系，这样可以少很多纠结、苦恼，放下许多事情。

有的人以"没时间""没钱"为理由拒绝学习和成长，这是多么悲哀的事。人最大的愚蠢不是无知，而是不愿放下金钱与面子向人学习，老是用以前的思想、观念来指导以后的人生。

学习能增长智慧，能使人活得通透、活得明白，能让人快乐而自由自在地生活。有人问智者："您总是在学习、学习，通过学习，最终您得到了什么呢？"智者回答："什么都没有得到。"又问："既然什么都没有得到，那您为什么还学习呢？"智者笑了笑，答道："告诉你吧，学习让我失去了很多东西，我失去了愤怒、纠结、狭隘、挑剔、指责、悲观和沮丧，失去了肤浅、短视和计较，失去了无知、干扰和障碍。"

用你的智慧去指导你的人生，而不是用知识。知识是专用的，而智慧是通用的。没有智慧，知识只是摆设。

有些人很迷茫、很困惑，不知道到底该学什么，也不知道该跟谁学。这当然要讲缘分，缘分这个东西不是强求来的，与自己的造化有关。再一个就是环境的重要性。如果你平时所处的圈子里，都是有理想、有思想、有能力、有信仰、乐善好施的朋友，既能把家庭关系处理得很好，又有担当，愿意为大家做事，我想你也差不到哪儿去。

寂静法师说："人是什么？人什么都不是，像个空瓶子，装什么就是什么。"学习就是给你装思想、高度、格局，如果你的高度不够，看到的都是问题；如果你格局太小，纠结的都是鸡毛蒜皮。大家想一想，人生在世，双手空空而来，最后撒手而去，什么是你的？你又能带走什么？

佛家说："万般带不去，只有业随身。"就是说你此生此身在这个世间所做的一切，将影响你的未来、你的去处。所以说，人一生除了学习、成长，其他的都是小事。你能有什么事？什么是大事、真事、实事、了不起的事？除了生死，一概没事。遇到烂人不计较，遇到破事别纠缠，就这么简单。

学会看破、放下，有些东西追不上，那就停步嘛；背不动的，放下；看不惯的，可视而不见。

我们来到这个世界，就像住旅馆，匆匆几日就走了，就像过去古人说的，如"白驹过隙，忽然而已"。人生就是大闹一场悄然离去。既然如此，还有什么放不下、想不开的呢？所以有人说："你人生的起点并不是那么重要，重要的是你最后抵达了哪里。"

有了智慧，就会清楚地知道，无论你多么富有，或者多么有权势，当生命结束时，所有的一切都只能留在这个世界上，唯有业力和灵魂会跟着你走入下一段旅程。所谓业力就是你此生此世的所作所为。人生不是一场物质的盛宴，而是一次灵魂的修炼，使它在谢幕之时，比开幕时更为高尚，才是最重要的。我们都是红尘中的过客，对人世间的一切（包括我们的身体），只有使用权，没有拥有权，就是借假修真——借着这个假的身体，修出真正的自我。

醒来吧，觉醒吧！人最大的愚蠢不是无知，而是不愿放下金钱与面子向人学习。我们要持续地学习，向成功的人学习，向古圣先贤学习，向有道德、有修养的人学习。通过学习，把自己变成有智慧的人。智慧的人借用事业来圆满生命，迷惑的人耗尽生命来成就事业。

人生太短，别成熟得太晚！

王清华

2020.12.30